The Greatest Maou Is
Reborned To Get Friends
史上最強の大魔王、
村人Aに転生する
6 元・村人A

ジャック
アードの父であり、伝説の大魔導士の片割れ。誰よりも心優しく、誰よりも漢らしい
「イリーナちゃんが関わったとは思えねぇ美味さだぜ、こいつはっ！」
「ふふ。やはり学園に送り出して正解だったようだね」
ヴァイス
イリーナの父。見目麗しく、品行方正かつ清廉潔白。生ける伝説が一人、「英雄男爵」の名で知られる

アード
元・最強の《魔王》様。
メガトリウムの一件から、
己の力に対し、決着をつける。現在、帰郷中
「今宵は彼女の成長具合を実感していただけるかと」
「今やあたしは、学園一の料理上手なんだからっ！」
「す、すごいわ……！人間の可能性は無限大なのね……！」
カーラ
アードの母であり、ジャックと共に伝説の大魔導士と謳われている。おっとりと常に笑顔が絶えない

「あたし、皆の中に入っていたくないの。
アードの、特別になりたいの」
イリーナ
正義感溢れるエルフの少女。
アードの心境の変化に対し、何か
思うところがあるようで……？

史上最強の大魔王、村人Aに転生する

6．元・村人A

下等妙人

ファンタジア文庫

2926

口絵・本文イラスト　水野早桜

CONTENTS

The Greatest Maou Is Reborned To Get Friends 6

Presented by Myojin Katou
and Sao Mizuno

第七一話　元・《魔王《まおう》》様、友の危機を知る

「さすがアードねっ！　こんなにも大きなイノシシを、素手《すで》で捕《つか》まえるだなんてっ！」

「ふふ。イリーナさんこそ、なかなかお目にかかれないキノコをこんなにも。さすがの豪運でございますね」

人の足に慣らされた山道にて。

俺とイリーナは木漏れ日《こもれび》を浴びながら、仕留めた獲物《えもの》を担《かつ》いで歩いていた。

我が学び舎《や》、ラーヴィル国立魔法学園にも、夏期休暇《きゅうか》というものがある。

二〇日間続く長い休み。これを利用して、俺とイリーナは生まれ育った村へと帰郷。

久方ぶりに、普通《ふつう》の村人としての生活を楽しんでいるのだった。

「それにしても。これだけ長い時間、二人きりというのは久しぶりですね、イリーナさん」

夏期休暇の過ごし方は、皆《みな》似たようなものだった。

貴族であれ平民であれ、実家に帰って家族と共に過ごす。

特に我々と仲の良いジニーにしても、それは同じこと。

また、帰る場所のないシルフィーについては、「なんか嫌《いや》な予感がするから武者修行《むしゃしゅぎょう》してくるのだわ！」とか言って旅に出た。

よって俺は久しぶりに、イリーナと二人きりの時間を過ごしているわけだが……

「なんというか、寂《さび》しいものですね。いつもの面々がいらっしゃらないというのは」

「そうね……正直言うと、ちょっぴり寂しい。でも」

「でも？」

「隣《となり》にアードが居てくれれば、この程度の寂しさ、へっちゃらだわ！」

本日も我等がイリーナちゃんの笑顔は実に眩《まぶ》しい。

そんな彼女と楽しく会話しながら山道を歩いた末に、俺達は村へと到着《とうちゃく》した。

「お、アード君おかえりっ！」

「イリーナちゃんも、お疲《つか》れさま」

「ちょっと日焼けしたね。しっかりケアしとくんだよ？」

家までの道中、村の皆々が気さくに声をかけてくれる。

やはり生まれ故郷というのはいいものだなと、強く実感する瞬間《しゅんかん》だ。

そして俺達は、メテオールの家へと帰った。

「おう、戻《もど》ったか！」

「あらあら〜、今日も大量ねぇ〜」

「ふふ。山の恵《めぐ》みに感謝といったところかな」

我が父母、ジャックとカーラ。そして、イリーナの父、ヴァイスが迎《むか》え入れてくれた。

本日は我が家でお泊《と》まり会である。

メテオールとオールハイドは親同士が実に仲良く、頻繁《ひんぱん》に我が家へと泊《と》まりにくるのだ。

それは俺やイリーナが幼い頃《ころ》から続いており、ゆえに我々は兄妹のように育ったのである。

「本日はイノシシの肉と希少なキノコをメインとした、山菜料理を振《ふ》る舞《ま》わせていただきます。これより調理を行いますので、皆さん、しばらくお待ちを」

「あたしも手伝うわっ！」

「えっ。イ、イリーナちゃんは、その、オレ等と一緒《いっしょ》に駄弁《だべ》ろうぜ！　なっ⁉」

「そ、そうねぇ〜。お料理はアードちゃんに任せましょう？」

「学園での思い出話を、父に聞かせてくれないかな？」

皆、イリーナの料理スキルを知っているがために、冷《ひ》や汗《あせ》を搔《か》いている。

そんな彼等へ、イリーナは頰《ほお》を膨《ふく》らませた。

「もうっ！　あたしだって成長してるんだからねっ！」

「ええ。イリーナさんのおっしゃる通りです。皆さん、ご安心ください。今宵《こよい》は彼女の成長具合を実感していただけるかと」

そしてイノシシを解体し、調理を行う。

シンプルなステーキに、サッパリとした冷製鍋《なべ》など、多様な料理が食卓《しょくたく》に並ぶ。

「さぁ、ご賞味あれ」

皆は顔を見合わせてから、おっかなびっくりといった調子で、一口咀嚼《そしゃく》した。その瞬間。

「う、美味《うま》いっ⁉　イリーナちゃんが関わったとは思えねぇ美味さだぜ、こいつはっ！」

「す、すごいわ……！　人間の可能性は無限大なのね……！」

「我が娘《むすめ》にこんなことをいうのも、なんだけど。ねぇイリーナ。君、本当に手伝ったのかい？　手伝ってコレなら……いや、僕もビックリするほどの成長具合だよ」

称賛《しょうさん》を浴びたことで、イリーナは大きな胸を張りながら、「ふんす」と鼻息を鳴らす。

「いつまでも料理下手なあたしじゃないわっ！　それどころか！　今やあたしは、学園一の料理上手なんだからっ！」

まぁ、間違《まちが》いではない。その証拠《しょうこ》に、イリーナは学園にて、史上最強の料理人一族である男子とクッキングバトルを行い、勝利したこともある。

……それも含《ふく》めて、学園では色んなことがあったな。

その全《すべ》てが、良い思い出だ。

「ふふ。やはり学園に送り出して正解だったようだね」

「アードちゃんも、常識を学べたようだしねぇ～」

「ダチもたくさん出来たんだろ？　ガキの頃と違って、表情がずっと明るいぜ」

「えぇ。学園の皆さんは実に良い方ばかりです」

　自然と、学園に関する話で盛り上がる。

　そうした中、ヴァイスがふとした様子で、こんなことを口にした。

「ところで。オリヴィア様はどうだい？　やはり、忙《いそが》しく動き回られているのかな？」

「えぇ。先の一件によって、彼女は国家元首に近いお立場となりましたから。夏期休暇中は、外遊で多忙《たぼう》の毎日を過ごすとおっしゃっていました」

「なんつぅか。色々と大変だよな」

「そうねぇ～。ここ最近、大陸が騒《さわ》がしいっていうか」

「嵐《あらし》が来ないと、いいのだけどね」

　先の一件……宗教国家・メガトリウムにて発生した騒動《そうどう》が発端《ほったん》となり、今や大陸内は冷戦の如《ごと》き状態へと陥《おちい》っている。

　我が国、ラーヴィル魔導帝国《まどうていこく》とその同盟国。

　それらに嫌悪《けんお》を抱《いだ》く、メガトリウムを始めとした、反ラーヴィル派の国家達。

両者が睨《にら》み合《あ》い、ギリギリのところで留《とど》まっているような状態である。

とはいえ。

「オリヴィア様の働きかけもありますし、それに、政治的にも大戦が発生するようなことはありえません。ちょっとした小競《こぜ》り合いはあるかもしれませんが、それとて川に広がる小さな波紋《はもん》のようなもの。すぐさま消えてなくなることでしょう」

いずれ大陸内の緊張《きんちょう》も晴れる。もしそうならなかったなら、この俺が晴らしてみせる。

そんな気概《きがい》を顔に出した、その瞬間。

家の中に、呼《よ》び鈴《りん》の音が鳴《な》り響《ひび》いた。

「……お客人、ですか」

はて、誰《だれ》だろう？　お隣のメディウスさんが、タダ飯でも食らいに来たのだろうか。

俺はスッと立ち上がり、客人を迎えるべく、玄関《げんかん》へ向かった。

その後ろを当然とばかりに付いてくるイリーナ。

そして、ドアを開けたと同時に、俺達は怪訝《けげん》な顔となる。

「貴女《あなた》は、確か……」

あまりにも意外な、来訪者であった。

ドアの前に立つのは、一人の少女。

見目麗《みめうるわ》しいが、イリーナなどとは違い、強烈《きょうれつ》な印象があるわけでもない。

地味な美少女といった彼女は、先のメガトリウムにて顔を合わせた……

我が国の特殊隠密《とくしゅおんみつ》機関、《女王の影《かげ》》に属する人間である。

「えぇっと。すみません、お名前は、なんでしたか？」

「……カルミア」

感情のない顔で、無機質に答える少女、カルミア。

俺は彼女へ、問いを投げた。

「本日は、どのようなご用向きでしょう？」

村にまでわざわざ足を運んできたのだ。およそ、ろくでもない案件に違いない。

俺はある程度、覚悟《かくご》を決めてはいたのだが。

しかし、それでも。

カルミアの小さな唇《くちびる》が紡《つむ》いだ答えを聞いた瞬間。

俺と、そしてイリーナは、目を見開かざるを得なかった。

「アサイラス連邦《れんぽう》が、我が国に宣戦を布告。つい先日、サルヴァンとスペンサーが治める領地に、侵略行為《しんりゃくこうい》を仕《し》掛《か》けてきた」

第七二話　元・《魔王》様、妨害《ぼうがい》を受ける

この大陸には、五つの大国が存在する。

我々が住まう、ラーヴィル魔導帝国。

ドワーフを中心とした、ゴルディナ共和国。

無数の人種が入り交じった、サフィリア合衆国。

エルフが特権を有する、ヴィハイム皇国。

そして……蛮族《ばんぞく》国家、アサイラス連邦。

以前、俺とイリーナが巻き込まれた宗教国家・メガトリウムでの騒動には、この五大国が大きく関係していた。

《魔族》を中心とした反社会的組織、《ラーズ・アル・グール》。日々活発化しつつあるかの勢力に対抗《たいこう》すべく、メガトリウムが仲介《ちゅうかい》役となって、五大国同盟を結ぶ。

そのために、五大国の首脳陣《じん》が一堂《いちどう》に会したわけだが……

その際に発生した大事件により、五大国同盟の話は流れてしまった。

事件の黒幕はメガトリウムの総帥《そうすい》にして、世界最大宗教・《統一教》の長、ライザー・ベルフェニックス。かつて我が軍における最強の武官、四天王の座に座っていた男が元凶《げんきょう》であった事件は、俺個人の問題を解決する機会となったが、一方で、ラーヴィル魔導帝国はそれ以降、大陸内の絶対悪という立場に陥ってしまった。

けれども、オリヴィアが矢面《やおもて》に立つことで事態はある程度の沈静化《ちんせい》を見せ、今後、大きな嵐が来ることはまずないと、そのように考えていたのだが。

どうやら俺は、アサイラスの主、ドレッドの狂気《きょうき》を甘く見すぎていたらしい。

「このような時期に挙兵など、何を考えているのやら」

玄関口にて、俺は眉間《みけん》に皺《しわ》を寄せた。

「……同意する。かの国がしでかしたことは、まさに暴挙としかいいようがない」

カルミアもまた、何か思うところがあるのだろうか。仮面じみた無表情に、わずかな嫌《けん》悪感《おかん》が宿っていた。そしてそれは、イリーナとて同様だったらしく。

「こんな時期に挙兵だなんて……！　下手をしたら、五大国の間で大戦が勃発《ぼっぱつ》しかねないじゃないの……！」

そう、今や五大国は、ラーヴィル派と反ラーヴィル派が睨み合い、膨らみきった風船のように危《あや》うい状態となっている。

それが破裂《はれつ》せずに済んでいるのは、ひとえに政治的な思惑《おもわく》ゆえだ。

ラーヴィル派となっているのは現在、サフィリア合衆国のみであるが、この大国がこちら側についていることで、名目上、反ラーヴィル派を掲《かか》げているゴルディナ共和国は、難しい立場にならざるを得ない。

なぜなら、この両国は貿易関係で密な間柄《あいだがら》となっているからだ。

あるいは、主従関係とも言えるかもしれない。

ゴルディナ共和国が輸出する品目は、他国に対してアピール出来るほどの需要《じゅよう》がない。

対して、サフィリア合衆国は食品産業が強く、特に水資源は需要が高い。

ゴルディナ共和国は砂漠《さばく》地帯が多く、水資源は常に枯渇《こかつ》気味。

そんな共和国にとって、合衆国から輸出される水資源は必須《ひっす》中の必須である。

他国もまた、水資源は胸を張れるほどのものではなく、輸出できるような余裕《よゆう》がない。

そうした状況《じょうきょう》の中、ラーヴィルにどこぞの国が仕掛けた場合、当然、サフィリア合衆国はラーヴィルとの共同戦線を張ることになろう。

結果として、合衆国は共和国に、水資源をネタに脅《おど》しをかけることは間違いない。

こうなってくると、ゴルディナ共和国はどのような選択《せんたく》を見せるのか。

それがどのようなものであれ……ひとたび争いが始まれば、為政者《いせいしゃ》のエゴや政治的しがらみなどから、戦いは混沌《こんとん》を極《きわ》めるに違いない。

だからこそ、反ラーヴィル派の国々は今日に至るまで、ちょっとした示威《じい》行為のみに留めていたのである。

だが、そんな中、アサイラス連邦が空気を読まずに仕掛けてきたものだから。

今や、各国の首脳陣はてんやわんやであろう。

「……それで。御上《おかみ》は我々に対し、どのようなご用向きでしょうか？」

「まず、あなた達に、サルヴァン、スペンサー、両家の所領へ向かってもらう。そして」

「ジニー達を助ければいいのねっ！」

カルミアはコクリと頷《うなず》いた。

サルヴァンはジニーの実家。スペンサーはエラルドの実家である。

この両家は古くより主従関係にあり、広大な所領を国家生誕の頃《ころ》より守り続けてきた。

今回、侵略《しんりゃく》を受けたのは国境沿いの街で、今や街中は血の海とのこと。

これに対処すべく、ジニーやエラルドも出陣《しゅつじん》していることだろう。

彼等は子供だが、上位貴族の長子である。有事の際に一軍を任されてもおかしくはない。

「ジニーさんは問題ないとして。心配なのはエラルドさん、ですね」

かつて、謎《なぞ》の少年に過去へ飛ばされた際のこと。イリーナとジニーが古代世界で護身出来るよう、俺は強力な魔装具を製造し、二人に手渡《てわた》した。

己の意思で召喚《しょうかん》が可能ゆえ、敵に強奪《ごうだつ》される心配もない。

あれさえ健在ならば、よっぽどのことがない限りジニーは安泰《あんたい》であろう。

半面、エラルドにはそういった保証がない。

「……入学早々、揉《も》めた相手ではありますが、しかし、今の彼は私にとって友人となりうる相手。死なせるわけにはまいりません」

メガトリウムでの事件にて、皆《みな》が駆《か》けつけてくれた際、エラルドもまた、その一員に加わっていた。ゆえに彼を死なせたくはない。

「この仕事、承《うけたまわ》りました。さっそく現地へと向かいましょう。カルミアさん、お手数ですが、我々の両親への説明などをお頼《たの》みします」

「わかった」

行ってきますの挨拶《あいさつ》も出来ぬほど、事態は逼迫《ひっぱく》している。

だから俺は、通常の移動手段……馬車などを用いるつもりはない。

「では、転移いたします。心の準備はよろしいですね？　イリーナさん」

「ええ、バッチリよ！」

顔を見合わせ、頷き合うと。

俺は転移の魔法《まほう》を用いて、目的地への瞬間《しゅんかん》移動を行った。

この魔法は足を運んだことのある場所にしか飛ぶことは出来ない。しかし学園に入学してから数カ月、俺は面倒《めんどう》ごとに巻き込まれまくった結果、国中に足を運んでいる。

そのため、今回転移する国境沿いの街にも赴《おもむ》いたことがあった。

よって転移出来ぬわけがない。

そう、出来ぬわけがないのだ。

にもかかわらず――魔法を用いて、意識が一瞬暗転した直後。

俺とイリーナは、見知らぬ場所に立っていた。

「えっと、もしかして……敵の攻撃《こうげき》かなんかで、街が森に変わっちゃったの、かな？」

困惑《こんわく》した様子で目をパチパチさせながら、イリーナは周りを見回した。

森。そう、森である。俺達はうっそうと生《お》い茂《しげ》った、緑の只中《ただなか》に立っている。

「……いいえ、イリーナさん。ここは完全に森の中。元は街であったとか、そういったことはありません」

「えっ。じゃ、じゃあ、まさか」

「ええ。どうやら、転移に失敗したようですね」

「う、嘘《うそ》でしょっ⁉　アードがミスをするだなんてっ⁉」

信じられないといった調子で目を丸くするイリーナに、俺は首を横に振《ふ》った。

「いえ、私のミスではありません。敵方の策にまんまと嵌《は》まったのです」

「敵方の、策？」

「ええ。敵は我々の転移をあらかじめ読んでいた。ゆえに、街へ転移すべく魔法を発動した際、この森に移動するよう仕組まれていたようですね」

いわゆる妨害術式というやつだ。

転移魔法が当然のように用いられていた古代では、実にポピュラーなものだが……

現代において、これを扱《あつか》えるような人間は限られている。

その代表格は間違《まち》いなく、あの男であろう。

「イリーナさん。どうか油断なさらぬように。此度《こたび》の一件、ともすると想定を遥《はる》かに超《こ》えた、巨大《きょだい》な陰謀《いんぼう》の一環《いっかん》やもしれません。ここから先は何があってもおかしくはない、まさに魔境も同然。常に気を引き締《し》めてください」

「う、うん」

小さく頷いたイリーナに、俺もまた首肯《しゅこう》を返し、

「では今後について、ですが。ジニーさんとエラルドさんを救助するためにも、我々はこの妨害術式に対応する必要があります」

言いつつ、緑溢《あふ》れる森林の景観を見回した。

夜間ゆえ、視界は最悪に近い。鳥や虫、野獣《やじゅう》の声が断続的に響《ひび》いている。

そうした環境《かんきょう》の中に、俺は術式の一端《いったん》を感じ取った。

「……やはり、我々の転移を妨害した相手はただものではありませんね」

森林内部への単純な法陣構築のみならず、そこに加えて多様な生物と植物にまで術式的な意味を持たせている。

これほど複雑な内容を形成できるような人間は、俺が知る限り一人しかいない。

元・四天王、ライザー・ベルフェニックス。先の事件にて、黒幕として動いていたあの男が、此度の騒動《そうどう》にも大きく絡《から》んでいる。

その目的は判然としないが、とにかく、我々がすべきことは一つ。

「森の中を探索《たんさく》いたします。術式はこのエリア全域に張《は》り巡《めぐ》らされている。その全容を感じ取り、解析《かいせき》が完了《かんりょう》したなら、妨害術式を無力化することが出来ます」

言い終えてからまず、俺は光源を作った。暗所では定番の魔法、《サーチ・ライト》。複数の煌《きら》めく光球を顕現《けんげん》させ、周囲を明るく照らす。

「夜の森はとかく視界が悪い。どうか足下《あしもと》だけでなく、周囲全体に気を配ってください」

「そうね。さもないと、すぐに転んで泥《どろ》だらけになっちゃうものね」

我々は元来、村人である。ゆえに夜の山という、似たような環境を知っている。

そうだからこそ、進行はスムーズであった。

下生えに足を取られることもなく、毒蛇《どくへび》などに噛《か》まれるようなこともなく。

まるで勝手知ったる庭を散歩するように、森の中を歩き回った。

そして——至極《しごく》当然の展開が、やってくる。

そう、トラップ魔法だ。

解析をさせないための仕掛《しかけ》が、森の中にはわんさかと掛けられていた。

しかし。

「イリーナさん。そこの地面は決して踏《ふ》まぬように。さもなくば、聞き慣れた轟音《ごうおん》を耳にいたしますよ」

「そうね。気を付けるわ。爆発《ばくはつ》はシルフィーのおかげでお腹《なか》いっぱいだもの」

巧妙《こうみょう》に張り巡らされた罠《わな》も、俺の目にかかれば。

「イリーナさん。その樹木には決して触《ふ》れぬように」

「触《さわ》ったらどうなるの？」

「頭が木《こ》っ端《ぱ》微《み》塵《じん》になります」

「え、えげつないわね」

全《すべ》ての罠を看破し、避《さ》けて進むことなど、造作もない。
どうやら敵方は俺達を徹底《てってい》して足止めしたいようだが、そうはいかん。
もうほとんど解析も済んだ。あと数分もあれば、妨害《ぼうがい》術式の無力化が可能である。
──と、そんなタイミングで、機を見計らったかのように、周辺の空気感が一変した。
何かピリッとした感覚を味わった瞬間、俺は無意識のうちに防御《ぼうぎょ》魔法を発動。
《メガ・ウォール》の三重層。俺とイリーナを、半透明《はんとうめい》な球体状の膜《まく》が覆《おお》う。
前後して、四方八方から稲妻《いなずま》が飛来した。
雷鳴《らいめい》を轟《とどろ》かせながら、光にも迫《せま》る速度で殺到《さっとう》する紫電《しでん》の群れ。
無数の葉脈めいたそれらは、我が防御魔法に衝突《しょうとつ》し、あえなく消滅《しょうめつ》。
だが……
三重の層を形成していた《メガ・ウォール》の膜が、一枚だけとはいえ、破壊《はかい》された。
「ほう。かなりの腕前《うでまえ》、ですね」
俺は悠然《ゆうぜん》と息を唸《うな》らせながら。
イリーナは無言のまま、緊張《きんちょう》した面持《おもも》ちで。
先ほど、攻撃を仕掛けてきた相手へと、目をやった。
一際《ひときわ》大きな樹木の傍《そば》に、黒いフードを被《かぶ》った男が立っている。

面識はない。しかし、相手方がどういった存在であるか、なんとなしに察しが付く。

「貴方《あなた》は、《魔族》ですね？」

答えは返ってこなかった。応答の代わりにやってきたのは――

強烈《きようれつ》な殺気を孕《はら》んだ、鋭《するど》い眼光。

「……アード・メテオール。並びに、イリーナ・リッツ・ド・オールハイド。我が身命を賭《と》し、貴様等をこの場にて釘《くぎ》づける」

凄絶《せいぜつ》な覚悟《かくご》を思わせる、その瞳《ひとみ》に対し、俺は穏《おだ》やかに微笑《ほほえ》んだ。

そして口を開き、言葉を紡《つむ》ぐ。

かつて、《魔王》と呼ばれていた頃のように。

「その気概《きがい》をねじ伏《ふ》せ、前へと進ませていただく」

第七三話　元・《魔王》様と、森林での対決　前編

「私の防御魔法を、一枚とはいえ抜《ぬ》いてみせたその技量。なかなかのものと言えましょう。……貴方のお名前を、聞かせてくださいませんか？」

男の返答は冷淡《れいたん》なものであった。

「死にゆく者に、名乗る名などない」

鋭く言い切ってからすぐ、《魔族》の男による、攻勢が開幕する。

先刻と同様、無数の雷閃《らいせん》が飛び交《か》った。

鼓膜《こまく》を破らんばかりの轟音。目を焼かんばかりの煌めき。

まさに疾風怒濤《しっぷうどとう》の攻撃だが、しかし。

「ふんっ！　そんなの効くもんですかっ！」

イリーナの言う通りだった。

敵方が繰《く》り出す雷撃は、もはや我々を守護する防御膜に、傷を付けることさえ叶《かな》わない。

「大方、私の力に関しては知らされているのでしょう？　一度見せた魔法は二度と通用し

ませんよ。貴方の魔法は確かに素晴《すば》らしい威力《いりょく》を誇《ほこ》っておりますが……我が異能を攻略するようなものではない」

解析と支配。その力を前にしたなら、あらゆる魔法は無力なものとなる。

男が繰り出す雷撃の魔法は、もはやなんの効力も持たなくなった。

「バケモノめッ……！」

フードから覗《のぞ》く顔が、苦渋《くじゅう》に歪《ゆが》む。

「悪いことは言いません。撤退《てったい》なさい。貴方の力では我々の足止めなど、とてもとても」

純粋《じゅんすい》に善意からの申し出だったが、無論、相手方が聞き入れるわけもなかった。

《魔族》の男は怒《いか》りで顔を紅潮させ、叫《さけ》ぶ。

「舐《な》めるでないわぁッ！」

途端《とたん》、我々の周囲に無数の幾何学《きかがく》模様が浮《う》かぶ。

ほう、七種の魔法を同時に行使出来るのか。現代生まれのほとんどは二重詠唱《ダブル・キャスト》さえまともに扱えぬというのに、この男は七重詠唱《セブンス・キャスト》と来た。

なるほど、俺達の足止めを任されるだけのことはある。

だがそれでも、力不足は否《いな》めないが。

「喰《く》らえッッ！」

気迫《きはく》と共に、陣《じん》から無数の属性魔法が放たれた。

まるで魔導士《まどうし》の軍勢による一斉掃射《いっせいそうしゃ》である。

轟音が常時鳴り響き、周辺の木々を薙《な》ぎ倒《たお》していく。

ただ一人で環境さえ変えてしまうほどの力量か。

しかしいかな魔法も、我が異能の前ではなんの役にも立たぬ。

全ての攻撃《こうげき》は防壁《ぼうへき》に傷すら付けることも出来ず、掻《か》き消えた。

けれどもなお、男は諦《あきら》めることなく魔法による攻勢を続行する。

猪突猛進《ちょとつもうしん》、という言葉が浮かんだが……ふむ、どうやら違《ちが》ったようだ。

この派手な魔法攻撃《こうげき》は、囮《おとり》だったようだな。

「《開け》！　《我が領域》！」

二唱節の詠唱によって、新たな魔法が発動する。

おそらくこれは、相手方の本命であり、切り札であろう。

発動と同時に、周囲の空間が歪み……景観が、激変した。つい今し方まで、我々は夜中の森林に身を置いていたのだが、それが今や、日中の砂漠《さばく》地帯に変わっている。

「な、なにこれっ⁉」

「ほう。固有空間、ですか」

「こ、固有空間?」

「ええ、空間系魔法の最高峰《さいこうほう》。下手な《固有魔法《オリジナル》》よりも強力な魔法、ですね。現代では失われた技術となっているようですが……いやはや、実に素晴らしい」

眼前に立つ《魔族》の男に、拍手《はくしゅ》を送ってみせる。

そうした行為《こうい》が、相手方の感情を逆なでしたようだ。

「その余裕《よゆう》、消し飛ばしてくれるッ!」

奴《やつ》が吼《ほ》えてすぐ、蒼穹《そうきゅう》に無数の剣《けん》が召喚《しょうかん》される。

そして、間髪容《かんはつい》れずに落下。

風を斬《き》り裂《さ》きながら殺到する刃《やいば》に、俺は防御魔法を発動しようとしたのだが。

「……イリーナさん。どうか叫んだりしないように」

「えっ?」

俺は自分とイリーナ、二人分の防壁を展開しようと考えたのだが。

しかし、固有空間の効力により、それは叶わなかった。

発動妨害《ジャミング》という概念《がいねん》がある。この空間には、やはりそれが展開されているらしい。

そのため、俺の力は平常時よりも数千分の一程度に弱体化している。

発動妨害《ジャミング》が原因で、初級の魔法しか使えないような状態となっているからだ。ゆえにかろうじて、この攻撃を防げる程度の防壁で、イリーナを守ることが限界であった。

俺自身は無数の刃を防ぐことが出来ず……気付けば、ズタズタに斬り刻まれていた。

「ア、アードっ⁉」

きっと、今の俺は酷《ひど》いありさまとなっているのだろうな。

さしものイリーナも、こちらの凄惨《せいさん》な様相に顔を青くしている。

半面、《魔族》は勝ち誇ったように笑った。

「ふはははは！　固有空間内において、このガラモンは神も同然の存在となるッ！　いかな神童といえども、固有空間の内部に入れ込んでしまえば――」

「神、ですか。ずいぶんと大きく出ましたね。しかし、たかだか子供一人殺せぬようでは、神とは言えないのでは？」

相手の言葉にかぶせる形で、声を投げる。途端、男が目を大きく見開いた。

「な、なんだ、貴様ッ……⁉　し、死んだはずだッ……！　そ、そんな傷で、生きているわけがッ……！」

「ええ。実際に死にましたよ。ただね――」

俺は唇《くちびる》に笑《え》みを宿しながら、断言した。

「たかだか一度殺した程度では、私《魔王》を滅《めっ》することなど出来ませんよ」

そして、受けた傷が時間を巻き戻《もど》すように消えていく。ついさっきまでバラバラ死体寸前といった様相であったが、現在は平常時のそれとなんらかわりない状態となった。

「ば、馬鹿《ばか》な……！　そんな高度な回復魔法は、この空間内で使えぬはず……！」

奴の驚愕《きょうがく》も、当然のことではある。

固有空間において、発動者は神も同然。そうした奴の台詞《せりふ》は事実だ。

固有空間の内部では、発動者が決定したルールは絶対遵守《じゅんしゅ》。その効力は、俺にさえ及《およ》んでいる。即《すなわ》ち……先刻の現象は、高度な回復魔法によるものではないということだ。

そうした現実を、俺は笑みを浮かべながら口にした。

「魔法など用いてはおりませんよ？　これはいうなれば……私の霊体《れいたい》的個性といったところでしょうか」

俺は無限に近い霊体を有しており、それらを一瞬《いっしゅん》にして同時消去しなければ、絶命することはない。

これは呪詛《じゅそ》の魔法を応用しまくって、原形を留《とど》めぬほど変えた、俺の特有魔法である。

「ありえん……！　ありえんぞ、貴様……！」

「そうですかね？　完全なる不死を実現したわけでもありませんし、私にとってはこれしきのこと、さして自慢《じまん》出来るようなものではないのですが」

俺はただ、本音を述べただけだったのだが、相手はそれを挑発《ちようはつ》行為と受け取ったようだ。

怒気《どき》と焦燥《しようそう》を混ぜ合わせたような顔でこちらを睨《にら》み……

それから、俺の横に立つイリーナへ目をやった。

「貴様にも弱点はあるッ！　それを突《つ》かせてもらうぞッ！」

叫ぶと同時に、イリーナの気配が消えた。

俺の横から、敵方のすぐ傍《そば》へと転移したからだ。

「っ⁉」

瞳を大きく見開いて、驚愕するイリーナ。

男はそんな彼女の首根っこを摑《つか》み、引き寄せると、

「アード・メテオールッ！　この女を殺されたくなければ、自害しろッ！」

こんな台詞を、口にした。

「やれやれ。貴方も所詮《しよせん》は、ただの下衆でしたか。なかなかの実力者であると認めていたのですが、これは評価を改める必要がありますね」

「どうとでも抜かすがいいッ！　大義のためならば、喜んで外道《げどう》に落ちてくれるわッ！」

イリーナの首を摑む手に力を込めながら、《魔族》の男がさらに叫ぶ。

「この女の細首など、へし折るのに一秒さえかからぬッ！　それを望まぬなら速《すみ》やかに自

害せよッ！」

「ふむ。イリーナさんは貴方達にとって、重要な生け贄《いにえ》であったと、そのように認識していたのですが」

《魔族》の男は何も答えない。まぁ、当然だな。ここで組織の内部事情など語ろうものなら、それこそド三流もいいところだ。

……おそらくは、組織内の方針が変化したのだろうな。あの男が放つ殺気は本物だ。本気で、イリーナを殺そうとしている。当人もそれを察したのか。

「ア、アードっ……！」

瞳《ひとみ》に緊張《きんちょう》と恐怖《きょうふ》を宿しながら、俺の名を呼ぶ。

だが、彼女はただの、か弱い乙女《おとめ》ではない。

負けん気が強く、確かな覚悟《かくご》を胸に秘《ひ》めた少女である。それゆえに。

「あ、あたしのことは、大丈夫《だいじょうぶ》。死んでも、アードの魔法で復活、出来るでしょ？　だから……あたしごと、やっつけてちょうだいッ！」

最後に吼えた時点で、彼女の瞳から恐怖や緊張が消えていた。

代わりに、凄絶《せいぜつ》な覚悟だけが込められている。

「くッ……！　余計なことを抜かすなッ！　殺すぞ、女ッ！」

冷《ひ》や汗《あせ》を浮かべながら、首を摑む手に一層強い力を入れる男。

だが、イリーナは怯《ひる》まない。

自分ごとこいつを仕留めろ。そんな意思だけを、俺に向けてくる。

当然ながら、そのような考えは却下《きやつか》だ。

「いけませんよ、イリーナさん。そんなふうに、命を粗末《そまつ》に扱《あつか》うのは」

「で、でもっ……！」

「ご心配なく。自害するつもりもさらさらありません。もはや、決着はついておりますのでね」

ニッコリと微笑《ほほえ》んでみせながら、俺は《魔族》の男に言葉を投げた。

「私が自害しなければ、その少女を殺すというのなら。どうぞ、やってみなさい。出来るものなら、ね」

これを挑発《ちようはつ》と取ったか、奴は顔を怒りで紅潮させながら、

「舐めたことをッ……！　出来ぬとでも思っているのかッ!?　ならば見せてやるッ！　貴様の女をくびり殺す瞬間をなぁッ！」

どうにも、この男は激しやすいようだ。

殺してしまっては人質の意味がなくなるというのに、怒りに身を任せようとしている。

まぁ、もっとも。こいつがイリーナを殺すような場面は、永遠に訪れないわけだが。

その証拠《しょうこ》に――

「ぬ、うッ……!?」

フードから覗《のぞ》く男の顔に、当惑《とうわく》の色が浮《う》かぶ。

「なん、だ……!?　力が、入らんッ……!?」

本気でイリーナの首をへし折ろうとしているのだろうが、その目的はいつまで経《た》っても果たされることはなかった。

「き、貴様……！　何を……！」

俺がなんらかの細工をしたのだと、そう考えたようだ。

恨《うら》めしげにこちらを睨む、《魔族》の男。その目には得体のしれぬものを見るような、畏怖《いふ》が宿っていた。それゆえか、男は現実的な判断を下したらしい。

「こうなれば……！　口惜《くちお》しいが、逃《に》げに徹《てっ》するほかない……！　当初の目的である足止めだけでも、果たさせてもらうッ……！」

大方、この固有空間にて身を隠《かく》すつもりであろう。

そして空間内のルールを変更《へんこう》するのだ。高度な魔法を用いようとも、決して自分を見つけることが出来なくなる、と。そんなところだろうか。

しかしながら――それは、無駄《むだ》というものだ。

「ッ!? な、なぜだ!? なぜ、姿が!?」

やはり、身を隠すつもりだったか。けれども、その姿が消えることはない。

「魔法《まほう》を用いているはずなのに、なぜだか発動しない。そのようにお考えなのでしょうが、違《ちが》いますよ。ミスタ・ガラモン。貴方は魔法など用いてはおりません」

「ア、アード・メテオールッ……! き、貴様、何をしたッ!?」

「さして特別なことはしておりません。ただ、貴方から神の座を奪《うば》った。それだけのこと」

そう述べてからすぐ、俺は、自らが決定したルールを相手に押し付けた。

イリーナの解放と、一〇メルト圏内《けんない》への接近不可。

それを適用した瞬間、奴はイリーナを手放し、後方へと退いていく。

「か、体が、勝手にッ!? なんなんだ、これはぁッ!?」

「ですから。さっき教えて差し上げたでしょう? 今、この空間内の神は私である、と」

「ば、馬鹿な！ 固有空間の発動者は、このガラモンだぞ!? 貴様が空間内のルールを決定するなど、ありえぬことだッ！」

顔を顰《しか》め、大量の脂汗《あぶらあせ》を浮かべる《魔族》の男へ、俺は悠々《ゆうゆう》と微笑みながら口を開いた。

「私の異能をお忘れか？ 解析《かいせき》と支配。その力は、たとえ固有空間の内部であろうとも無効化されることはない。ゆえに──」

俺は指を鳴らし、空間の解除を実行。

陽光降り注ぐ砂漠《さばく》地帯が、その瞬間、夜闇《よやみ》広がる森林の只中《ただなか》へと変化した。

「固有空間を構築する術式を解析し、支配したのなら。もはや貴方は神などではない。この森に住まう虫も同然。いや、それ以下の弱者やもしれませんね」

切り札を封殺《ふうさつ》され、もはや敵方に打つ手はない。事実、男は苦悶《くもん》を顔に浮かべ──

「こうなればッ！　せめて一太刀《ひとたち》、浴びせてくれようぞッ！」

命を捨てた者特有の目。それが次の行動を、俺に教えていた。

即ち──自爆《じばく》である。

「我が組織と血族に、栄光あれッ！」

狂気《きょうき》を孕《はら》んだ絶叫《ぜっきょう》と共に、自らの全身を引《ひ》き裂《さ》いて、強烈《きょうれつ》な光が漏《も》れ出す──

と、対面の男はそのような状況《じょうきょう》を覚悟したのだろうが。

「……………な、なぜだ？　なぜ、何も起きない？」

いつまで経っても、その身が爆裂《ばくれつ》することはなかった。

俺が、自爆を許さなかったからだ。

「私と貴方、一対一の状況であったなら、栄誉《えいよ》ある死を許可していたのですが……ここには人の死に不慣れなレディーがいらっしゃいますので、自害なさるならどうか、別の場所でお願いいたします」

男の自爆魔法を一瞬にして解析し、使用不可とした理由は、イリーナへの配慮《はいりょ》であった。

彼女には出来るだけ、ショッキングな場面を見せたくない。

……目的地に到達《とうたつ》すれば、いやというほど目撃《もくげき》することになるのだろうが、それでも。

不快な場面は、限りなく少数にしておきたかった。

「くッ……！　我が覚悟を踏《ふ》みにじっただけでなく、生き恥《はじ》までかかせるかッ……！」

「左様。生殺《せいさつ》与奪《よだつ》を思うがままにする。これぞまさに勝者の特権というもの。貴方にはしばらく、この場に居残っていただく」

言うや否《いな》や、俺は拘束《こうそく》用の魔法を発動。その瞬間、黒いリング状の拘束具がいくつも現れ、男の体を瞬《また》く間《ま》に縛《しば》り上げていった。

「ぐッ……！」

急激な圧をかけられたことで、《魔族》の男は苦悶を漏らし、地面へと倒《たお》れ込む。

そうした姿を一瞥《いちべつ》した後、俺はイリーナへと目をやった。

「人質となった際、首に負荷を受けておりましたね。その部分が痛んではおりませんか？」

「う、うん。大丈夫。どこも問題ないわ」

そう答えたイリーナの目には、俺に対する尊敬と……

自身の不甲斐《ふがい》なさに対する、苛立《いらだ》ちが宿っていた。

「ごめんね、アード。足、引っ張っちゃって」

「いえ、気にするようなことではございません」

微笑みかけるが、イリーナの表情は曇《くも》ったままだった。

「……あたしね、いつかアードに追いつきたいって、そう思ってるの。だから毎日、努力してるつもり、なんだけど。結果はいつもこれだわ。アードに助けてもらうばかりで、肩《かた》を並べて戦うことさえ出来ない」

今回は本気で、命の危機を感じたのだろう。そうした状況を、自力で乗り越《こ》えたいという意思を有するがために、これまでイリーナは頑張《がんば》ってきたのだろう。

だが、それが叶《かな》わなかったがために、彼女は……

いや、違うな。そこは本質じゃない。

彼女が落ち込む理由は、俺と並ぶことが出来ないという、その一点にある。

「……私と同等の力を得て、肩を並べねば、真の友とは言えない。そんなふうにお考えやもしれませんが、それは違います。イリーナさん、貴女《あなた》は強かろうが弱かろうが、私にとって永遠の親友です。どうか、必要以上に自分を追《お》い詰《つ》めぬようにしてください」

イリーナは何も答えなかった。ただ、悔《くや》しげに俯《うつむ》くのみだった。

……まぁ、時が経てば、普段《ふだん》の明るい彼女が戻《もど》ってくるだろう。

彼女の心理状況をなんとかケアしたいとも思うが、しかし、最優先事項《じこう》ではない。

転移を妨害《ぼうがい》していた術式は、あらかた解析が完了《かんりよう》した。

もはや我々を阻《はば》むようなものはない。ゆえに俺は、ジニーとエラルドの救助という目的を果たすべく、今度こそ転移の魔法を――

発動する、直前。

「グルゥアッ！」

獰猛《どうもう》な声が耳朶《じだ》を叩《たた》く。

背後より接近する気配あり。それを感じとった瞬間、我が全身が反射的に動作する。

横へ跳《と》びながら、イリーナの守護をすべく、彼女に防御《ぼうぎよ》魔法を発動。

その華奢《きやしや》な体を防壁《ぼうへき》にて覆《おお》い、安全を確保してから、奇襲《きしゆう》をかけてきた敵方を睨《にら》む。

「……ほう。早くも、黒幕のお出ましか」

俺を襲《おそ》ったのは、一匹《いつぴき》の狼《おおかみ》であった。

しかし、ただの狼ではない。双眸《そうぼう》は紅《あか》く煌《きら》めき、胸元《むなもと》に同色の刻印が刻まれている。

この様相は、奴《やつ》の仕業《しわざ》だ。

ライザー・ベルフェニックス。
奴の《固有魔法《オリジナル》》によるものだ。
そして。
どうやら、敵方は狼だけではなかったらしい。
この森、全《すべ》ての生命。
それが今や、俺達の敵となっている。
木の上から我々を見下ろす、猿《さる》の群れ。
地上にて我々を見据《みす》える、野獣《やじゅう》達。
樹木の表面に張り付いた、昆虫《こんちゅう》の大群。
それら全てが、その目を紅く輝《かがや》かせていた──

第七四話　元・《魔王》様と、森林での対決　後編

「ア、アード……！　これって、まさか……!?」

「ええ。ライザー様の能力によって強化された、野生の皆様《みなさま》ですね」

数えるのが馬鹿馬鹿《ばかばか》しいほどの物量に、我々は完全に包囲されていた。

「森に誘導《ゆうどう》された時点で予想は付いておりましたが。どうやらライザー様は、よほど我々の進行を妨《さまた》げたいようですね」

森林は生物の宝庫である。即《すなわ》ち、ライザーのホームグラウンドそのものだ。

奴の《固有魔法《オリジナル》》は、他者の精神を支配し、その力量を桁外《けたはず》れに高めるというもの。

その力を以《もっ》てすれば、アリとて竜《りゅう》を殺すようになる。

それが決して、おおげさな例えでないということを、野生の者共が証明し始めた。

「キキィイイイイイッ！」

「グルゥアアアアアアアッ！」

「キリリリリリリリリッ！」

猿が。狼が。甲虫《こうちゅう》が。森に棲まう者達の全てが、一斉《いっせい》に襲いかかってくる。

およそ、一般《いっぱん》の人間であれば一生目にすることのない光景であろう。狼達が木々の間を縫《ぬ》うように疾走《しっそう》し、猿共が樹上より飛来し、甲虫の群れが夜闇を斬《き》り裂く。

その様相は圧巻の一言。

しかし。

「これしきの攻勢《こうせい》で、私の防壁を貫通《かんつう》出来るとお思いか」

イリーナを守護する防壁を、六重層へと強化。

俺自身の周囲にも、《メガ・ウォール》を展開する。

そして、野生の軍勢が猛攻《もうこう》を開始した。

我々を守る防壁に対し、狼の群れが飛びつき、猿達が拳《こぶし》を叩き付け、甲虫の大群が全身をぶつけてくる。

通常の生き物が相手であれば、防壁に傷一つ付くことはなかったろう。

だが、目前の連中はライザーの力によって強化されている。

その一撃は総じて、現代のあらゆる攻撃魔法を凌《しの》ぐ威力《いりょく》を秘《ひ》めていた。

「ア、アードっ！　防壁にヒビがっ！」

イリーナの言う通り、六重層のうち一枚目に、早くもヒビが入った。

先ほど交戦した《魔族《まぞく》》の男が扱《あつか》った魔法よりも、野獣共の突撃《とつげき》の方が高威力だな。

ライザーの能力を反則と称《たた》えるべきか、《魔族》の男を哀《あわ》れむべきか。

「こ、このままじゃ、いつか破壊《はかい》されちゃうわっ！　こっちも攻撃しないとっ！」

焦燥感《しょうそうかん》に満ちた声を放つイリーナ。

攻撃。攻撃、か。

「闇雲に敵方の頭数を減らしても、ほとんど意味がありません。減らした分だけ、すぐさま補充《ほじゅう》されるでしょう。何せここは森の中。強化兵の素材には事欠きません」

下手に敵方の数を減らすことに専念したなら、足下《あしもと》を掬《すく》われかねん。

しかしながら、手をこまねいていては敵方の思惑《おもわく》通りになってしまう。

ライザーは常々、戦は数であると述べていたが、まさにその通りだな。

圧倒《あっとう》的な物量差を前にしたなら、おおよそ、どのような者も押《お》し潰《つぶ》されてしまうだろう。

とはいえ——何事にも、例外というものがある。

このアード・メテオールもまた、そのうちの一人だ。

「物量の違《ちが》いが勝敗を分ける絶対条件でないことを、教えて差し上げましょう」

冷然と断言してからすぐ。

俺は、最強最善の手札を切った。

「《《その道に在りしは絶望》》《《それは哀れな男の生き様》》」
我が最強の能力、《固有魔法《オリジナル》》の発動詠唱《えいしょう》を実行する。
そうはさせじと、野生の者共が攻勢を強めた。
一枚、防壁が粉砕《ふんさい》される。
それを前にしつつも、俺は冷静な心持ちを維持《いじ》しながら、
「《《その者は独り》》《《背を追う者は居ても》》《《覇道《はどう》を共に進む者はなし》》」
詠唱を続行しつつ、周囲に目を配った。
……術者たるライザーの姿は、どこにも見当たらない。
しかし、この場に存在しないということはなかろう。
奴の《固有魔法《オリジナル》》は、対象と一定の距離《きょり》を保たねば効力が薄《うす》れてしまう。
ゆえに間違いなく、隠形《おんぎょう》の魔法を用いて身を隠《かく》し、近くに潜《ひそ》んでいるはずだ。
「《《誰《だれ》にも理解されることはなく》》《《皆《みな》、彼のもとから離《はな》れていく》》」
ここまで詠唱する中、二枚目の防壁が破壊された。
イリーナは冷《ひ》や汗《あせ》を掻《か》きながらも、その瞳《ひとみ》には俺への信頼《しんらい》感を宿している。
同時に、自分の無力さに苛立ってもいるようだが……
なんにせよ、期待に応えねばなるまい。

「《唯一《ゆいいつ》の友にも捨てられて》《彼は狂気《きようき》と孤独《こどく》の海へと沈《しず》んでいく》」

詠唱完了《えいしようかんりよう》まで、あと少し。

野獣共の攻勢が、一層激しさを増した。

秒を刻む毎《ごと》に、その力強さが高まっているように思えてならない。

これで合計、三枚目の防壁が破壊される。

だが――

「《その死に際《ぎわ》に安らぎはなく》《悲嘆《ひたん》を絶望を抱《いだ》いて溺《おぼ》れ死《し》ぬ》《きっと、それが――》」

こちらの準備も、万端《ばんたん》整った。

さぁ、反撃を始めよう。

「《孤独なりし王の物語《プライベート・キングダム》》ッ！」

五枚目の防壁が粉砕されたと同時に、我が最強の切り札が発動した。

夜闇《よやみ》よりもなお色濃《いろこ》い漆黒《しつこく》のオーラが顕現《けんげん》し、こちらの片腕《かたうで》を覆う。

そして現れたのは、長い鎖《くさり》と……それに繋《つな》がれた、黒き大剣《たいけん》。

勇魔合身、フェイズ：Ⅰ。

莫大《ばくだい》な力の漲《みなぎ》りを感じながら、俺は背後に立つイリーナへ、肩越《かたご》しに微笑《ほほえ》みかけた。

「すぐに片付けます。少々お待ちを」

この言葉に頷《うなず》くイリーナ。

そしてまず、彼女の防壁を張り直してから――

俺は、向かい来《きた》る野獣達へと踏《ふ》み込んだ。

目前の光景は、やはり常人であれば一生目にすることのないものであろう。

まるで、時間が止まった世界。

先刻まで獰猛に暴れ狂《くる》っていた野生動物の群れが、完全に静止している。

それら全てを、俺は切《き》り伏《ふ》せていった。

森全域を焼き尽《つ》くしてしまうというのが一番手っ取り早い方法ではあるが、それはいささかやりすぎであろう。

罪なき命を無駄《むだ》に奪《うば》うつもりはない。

そうせずとも、勝利出来るという確信がある。

そして、あらかた掃除《そうじ》が終わった後。

俺は、西方へと目をやった。

なんの変哲《へんてつ》もない樹木。その真横、虚空《こくう》を睨《にら》みながら、言葉を紡《つむ》ぐ。
「この俺の目を、欺《あざむ》けるとでも思ったか」
地面を蹴《け》り、一瞬《いっしゅん》にして接近。
俺は虚空《こくう》へと、黒剣を振《ふ》るった。
闇色の刀身は、果たして、硬質《こうしつ》な手応えを寄越《よこ》してくる。
瞬間、金属同士が衝突《しょうとつ》したような、甲高《かんだか》い音が周囲に轟《とどろ》いた。
前後して、厳《おごそ》かな声が耳に届く。
「……さすがと、言うべきであるな」
目前の虚空には、一見すると何者の存在も認知出来ない。
姿形は当然のこと、気配や匂《にお》いといったものまで、何一つない。
だが間違いなく、奴《やつ》は目前にいる。
「相も変わらず、見事な隠形だ。しかし、俺には通じない」
もはや身を隠す意味を失ったからか。
奴は隠形の魔法を解除したらしい。
薄ぼんやりとした輪郭《りんかく》が露《あら》わとなり、それから次第《しだい》に、実体が明らかとなっていく。
顔に無数の年輪を刻んだ、屈強《くっきょう》な老将。

ライザー・ベルフェニックスが、姿を現した。

その風貌《ふうぼう》は以前のそれと変わりない。

だが、身に纏《まと》うそれは純白の教皇服ではなく、漆黒の甲冑《かっちゅう》であった。

これは古代にて、ライザーが愛用していた魔装具である。

絶大な防御《ぼうぎょ》能力を付与《ふよ》したもので、この鎧《よろい》に傷を付けた者はほとんどいない。

また……

先刻の我が一撃を防ぎ、今なお鍔《つば》迫り合う巨大《きょだい》なメイスは、奴が《固有魔法《オリジナル》》を用いた際に顕現するものだ。

「事前に切り札を発動しての奇襲《きしゅう》戦術だけでなく、かつての愛装まで引っ張り出すとは、随分《ずいぶん》な力の入れようではないか。……貴様、何を企《たくら》んでいる？」

黒剣とメイスが鍔迫り合う中、俺は目前の老将を睨む。

「《魔族》と手を組んで、何をしようというのだ？　此度《こたび》の戦《いくさ》に、いかような意図がある？

先のメガトリウムでの一件以降、大陸が緊張《きんちょう》状態であることは貴様とて理解していよう。

こうした状況《じょうきょう》下で戦など起こせば、どれほどの大惨事《さんじ》となるか、わからぬわけもあるまい」

ライザーは、何も答えなかった。

それを批難する形で、俺はさらに言葉を放つ。

「貴様がアサイラス連邦《れんぽう》をそそのかし、ラーヴィルを襲《おそ》わせたことで、五大国による大戦が勃発《ぼっぱつ》しかねん状況となってしまった。今後の展開次第では、大陸内に無数の悲劇が生まれるだろう。大人だけでなく、貴様が愛する子供達までもが、一様に苦しむこととなるのだぞ。わかっているのか、ライザー・ベルフェニックス……！」

我が言葉の連なりを耳にして、ここで奴はようやっと口を開いた。

「この時代で得たものを失うのが、それほどに怖《こわ》いか」

無機質で、淡々《たんたん》とした問いかけに、俺は顔を顰《しか》めた。

「怖いさ。怖いに決まっている。だからこそ、戦を起こした貴様が憎《にく》らしい」

前世を含《ふく》めれば千年にも渡《わた》る我が人生。その大半は戦の記憶《きおく》である。

だからこそ、俺は戦というものを嫌《きら》うのだ。

争いはいつだって、大切なものを奪うから。

「大義。信念。意地。そうした情が生み出した古代の戦にて、俺は多くの仲間を失った。それは貴様とて知っていよう。そしてそれが、いかに俺の心を苛《さいな》んだかも」

此度の戦もまた、捨て置けば再び、俺から仲間達を奪うだろう。

ジニーやエラルドは当然のこと、学園の皆々にしても、軍から招集をかけられれば、戦場に出るほかはない。

「転生したことで、ようやっと得られた仲間達。それを、貴様等の企みごとの犠牲《ぎせい》にはさせぬ……！　断じてさせぬ……！」

強い意志が力となって、我が黒剣へと伝達する。

鍔迫り合いの趨勢《すうせい》がこちらへと傾《かたむ》く中、ライザーは瞳を細めながら、息を吐《は》いた。

「人の世は、奪い、奪われの世界。自らの夢を成就《じょうじゅ》させるには、何者かの夢や理想、希望といったものを奪わねばならぬ」

ライザーの、メイスに込められた力が、次第に高まっていく。

それに合わせて、全身から放たれる威圧感《いあつかん》もまた、大きく膨《ふく》らんでいき――

「子供達の輝《かがや》かしい明日を創る。そのために、我輩《わがはい》は其処許《そこもと》の希望を奪う。仲間達と過ごす幸福な未来。そうした夢や希望といったものを、根こそぎ奪わせてもらう」

宣言と共に、ライザーの肉体から、莫大な力が発露《はつろ》した。

「ぬぅ、おぉおおおおおおおおおおおおおおおおッ！」

雄叫《おたけ》びと共に、メイスから伝わる膂力《りょりょく》が増大した。

そして……

奴の目が紅《あか》い煌《きら》めきを放ち、甲冑の胸元《むなもと》に同色の刻印が刻まれる。

「なるほど……！　以前、貴様がメガトリムで見せた《固有魔法《オリジナル》》の進化。どうやらアレだけではなかったようだな……！」

俺が知る限り、ライザーの《固有魔法《オリジナル》》は、メイスで打ち据《す》えた対象を支配し、その能力を強化するというものだった。

そこに加えて、支配された者の攻撃《こうげき》を浴びた対象もまた、ライザーの支配下に置かれてしまうという効果もある。

俺が認知している内容は、それだけだった。

しかし。

数千年の時を経《へ》て、この男の切り札には、俺も知らぬ未知の領域が生まれたらしい。

「ぬんッッ！」

気迫《きはく》と共に、ライザーのメイスが鍔迫り合いの均衡《きんこう》を破った。

奴は今、こちらの膂力を大きく上回っている。

その絶大なパワーで以《もっ》て、俺の全身は派手に宙を舞《ま》い、木々を薙《な》ぎ倒《たお》しながら、森林の只中《ただなか》を進んで行く。

「やはり、フェイズ：Ⅰで押し切れる相手ではない、か」

それならば。

「リディア。勇魔《ゆうま》合身、フェイズ：Ⅱ」

【了解《りようかい》。フェイズ：Ⅱ、スタンバイ】

淡々とした声が脳内に響《ひび》いてからすぐ。

我が身が闇に覆《おお》われ、その姿を変えていく。

黒き鎧が総身を覆い、髪色《かみいろ》が純白へと染まる。

第二の形態へと進化した瞬間《しゆんかん》、俺は地面へと足を着け――

「ライザー・ベルフェニックス。貴様がこの数千年の間に思念を積み重ね、成長したように。この俺もまた、情の力によって進歩したということを教えてやる」

迫《せま》り来る敵方へ気迫を放ちながら、俺は全力で踏み込んだ。

圧倒的《あつとう》な脚力《きやくりよく》で以て、瞬時に間合いを詰《つ》める。

そして再びぶつかり合う、黒剣とメイス。

激烈《げきれつ》な轟音《ごうおん》と衝撃波《しようげきは》が周囲に広がる中、ライザーの口から、小さな苦悶《くもん》が吐き出された。

「ぬうッ……！」

奴が執《と》る巨大なメイスが、こちらの大剣によって吹《ふ》き飛ぶ。

体勢を崩《くず》し隙《すき》を見せたライザーへ、俺は容赦《ようしや》ない斬撃を繰《く》り出した。

「るうあッ！」

「ちぃッ！」

間一髪《かんいっぱつ》というタイミングで、ライザーは後方へと跳躍《ちょうやく》。袈裟懸《けさが》けの一撃を回避《かいひ》した。

だが、我が黒剣《こっけん》の刀身は僅《わず》かに甲冑の一部を掠《かす》め……

傷を付けた者がほとんどいないというライザーの愛装に、爪痕《つめあと》を残した。

「……我輩の記憶が確かなら、その姿の其処許に、これほどの力はなかったはず」

鎧の切断痕《あと》を指でなぞりながら、ライザーは小さな声で呟《つぶや》く。

「思いの力が、友情に対する強い執着《しゅうちゃく》が、其処許を強くしたか。しかし……それがどうしたというのだ」

奴の双眸《そうぼう》に、畏怖《いふ》の念など皆無《かいむ》。

むしろ秒を刻む毎《ごと》に、闘志《とうし》が膨らんでいく。

ゆえに、奴は。

「ハッ！」

我が黒剣の脅威《きょうい》を恐《おそ》れることなく、勇猛果敢《ゆうもうかかん》に踏み込んできた。

一撃でも浴びれば、霊体《れいたい》ごと消去されてしまう。

そうした状況であろうとも、この男は決して、前に進むことを恐れない。

激烈な信念が、ライザー・ベルフェニックスという老将を支えているのだ。

しかし、それはこちらとて同じこと。

俺もまた奴と同様に、譲《ゆず》れぬものがある。
仲間達と過ごす幸せな未来。
それを守るためにも。
「敗者となるのは貴様だ、ライザー・ベルフェニックスッ！」
「否《いな》ッ！　苦渋《くじゅう》を舐《な》めるのは其処許であるッ！」
互《たが》いに意地を吐き合い、獲物《えもの》をぶつけ合う。
しばらくは互角《ごかく》の勝負が展開された。
しかし徐々《じょじょ》に、バランスが崩れていく。
優勢となりつつあるのは……
この、アード・メテオールであった。
「ぬぅッ！」
新たな切断痕を鎧に刻まれたライザーが、顔を歪《ゆが》ませた。
あと僅か。一歩踏《ふ》みこみが足りていたなら、相手方の肉体を両断出来る。
そのような状況へと、俺はことを進めていた。
敵方が何もせぬのなら、あと一四手でこちらが勝つ。
しかし――

この男が、こうした状況で何もせぬわけがない。

実際、ライザーは策を用いてきた。

それが発動した瞬間《しゅんかん》。

「ひっ⁉」

遠方より、小さな悲鳴が上がる。

イリーナの声だ。

……当然ながら、絶対防衛対象であるイリーナについては、ライザーとの戦闘《せんとう》中も常に、魔法を用いて監視《かんし》を行っていた。

右目はライザーを映し、左目はイリーナの姿を映している。

今、彼女の目前にて、捕縛《ほばく》していた《魔族》の男が拘束《こうそく》を弾《はじ》き飛ばし、目を紅く煌めかせながら迫っている。

これもまた、ライザーの《固有魔法《オリジナル》》によるもの。

メイスで打ち据えた相手を、任意のタイミングで強化兵へと変える。

それはメガトリウムでの一件でも見せた、奴《やつ》が有する《固有魔法《オリジナル》》の一面であった。

「ここまでの展開全《すべ》てが、貴様の読み通りというわけか。あの《魔族》は捨《す》て駒《ごま》でありつつも、策の要だったというわけだ。相も変わらず、権謀術数《けんぼうじゅつすう》に長《た》けた男だな、貴様は」

俺が敵方と睨《にら》み合う中、イリーナは怯《おび》えながらも、果敢《かかん》に相手へと挑《いど》んだ。
「こ、のぉッ！」
上級魔法、《ギガ・フレア》。
竜巻《たつまき》のように渦巻《うずま》く豪炎《ごうえん》が、《魔族》の男を呑《の》み込んだ。
猛然《もうぜん》と吹き荒《すさ》ぶ、灼熱《しゃくねつ》の風。
それは周囲の木々や草花を焼き尽《つ》くし、消し炭さえも残さなかった。
しかし……
《魔族》の男には、通用しなかったようだ。
直撃を浴びてなお、敵方は無傷である。
「そ、そんな……⁉」
本気の一撃だったのだろう。
それがこのような結果となったことで、イリーナは愕然《がくぜん》としている。
そんな彼女のもとへ、一歩、また一歩と、男が接近し、
「う、あ、あ」
不気味な唸《うな》り声を上げる。
そのさまはまさに、悪鬼《あっき》のごとし。

女子供ならば泣《な》き喚《わめ》いて当然といった、恐ろしい姿であったが……

しかし、イリーナは決して、俺に助けを求めることはしなかった。

あくまでも、自分の力で困難を乗《の》り越《こ》えようとしている。

その負けん気に称賛《しょうさん》の念を送りたい。だが、そうかといって、捨て置くわけにもいかん。

彼女では、あの男には勝てぬ。

俺が介入《かいにゅう》せねばなるまい。

たとえイリーナのプライドを傷付ける結果になったとしても、彼女が犠牲になるよりかはマシだ。

……とはいえ。

「こうした状況《じょうきょう》において、俺がイリーナを救助することは貴様とて読めていよう。おそらくはそれも、策の一環《いっかん》なのだろうな。しかし……」

俺はライザーを見据《みす》えながら、宣言した。

「いかなる策を弄《ろう》そうとも、この俺に刃《やいば》が届くことはない。それを証明してやる」

俺とライザー、仕掛《しか》けるタイミングは同じであろう。

即《すなわ》ち、イリーナに危機が及《およ》ぶ、その瞬間である。

俺もライザーも、同じ光景を目にしているに違《ちが》いない。

右目は敵を映し、左目はイリーナを映す。そうした状況で睨み合《あ》いながら……

「こ、来ないでよッ！」

イリーナに危機が迫った、そのとき。

あまりにも意外な展開が、やってきた。

「だわっしゃああああああああああああああああッ！」

聞き慣れた可憐《かれん》な声が、森の只中に響き渡《わた》る。

まさに唐突《とうとつ》。まさに突然。

なんの脈絡《みゃくらく》もなく現れた少女は、紅蓮《ぐれん》の如《ごと》き紅髪をなびかせながら猛進《もうしん》し……

その手に握《にぎ》る聖剣で以《もっ》て、《魔族》の男を一刀のもとに斬《き》り伏《ふ》せた。

「姐《ねえ》さんに近づくんじゃないのだわっ！　この変質者っ！」

突如《とつじょ》現れた、意外性の塊《かたまり》。

その名は――

「シ、シルフィー!?」

そう。我等が友人の一人、シルフィー・メルヘヴンである。

彼女の乱入は、さしものライザーも想定外であったらしく。

「……状況をむちゃくちゃに掻《か》き回す。そういった忌々《いまいま》しいところは、相も変わらずか」

渋面《じゅうめん》を作りながら、老将はボソリと呟いた。

その声が遠方の彼女へと届いたのだろうか。

遠見の魔法《まほう》により、我が右目に映るシルフィーが、叫《さけ》びを放った。

「この魔力の感じ……！　ライザーッ！　アンタ、どっかに居るんでしょッ！　ブン殴《なぐ》ってやるから出てくるのだわッ！」

……シルフィーにとっては、このライザーとて仲間の一人だった。

そうだからこそ、奴が我々に敵対しているという状況が許せないのだろう。

せっかく再会出来た仲間に、裏切られたような気持ちなのだろう。

ライザーとて、シルフィーの感情は理解していよう。だが、奴はそのうえで、彼女の前に姿を現すことを拒絶《きょぜつ》する。

「用意した策のおおよそが台無しである。もはや、奴めの力を信じる他あるまい」

言うや否や、ライザーの全身が薄《うっす》らぼんやりと、消え始めた。

俺が知らぬ魔法、あるいは魔道具によるもの、か。

これは解析《かいせき》が完了《かんりょう》する前に、相手を取《と》り逃《に》がすだろうな。

さすがはライザー・ベルフェニックス。俺から逃げるための準備も万端《ばんたん》か。

「計画が遂行《すいこう》されたなら、これが今生の別れとなろう。そうなることを祈《いの》るのみである」

意味深な言葉を残して、老将は音もなく消え失《う》せたのだった。

「ふう……出来ることなら、この場で決着をつけたかったが。さすがに易々《やすやす》とはいかんな」

俺は自らの《固有魔法《オリジナル》》を解除し、元の姿へと戻《もど》った。

そして、イリーナ、シルフィーのもとへ足を運ぶ。

と、すぐにシルフィーがムスッとした顔になり、

「ライザーのやつ、ま～た逃げたのだわねっ！　メガトリウムのときといい、今回といい、臆《おく》病者《びょう》だわっ！」

ぷんすかと怒《おこ》る彼女に苦笑しつつ、俺はイリーナへと目をやった。

「イリーナさん。ご無事ですか？」

「……ええ。シルフィーのおかげで、ね」

助かったことへの安堵《あんど》、シルフィーへの感謝、そして……

無力であった自分への複雑な思い。

そんな情が混ぜこぜとなった顔をするイリーナ。

ここで下手に慰《なぐさ》めようものなら、むしろ彼女は余計に落ち込むだろう。

だから俺は、あえてイリーナから目を逸《そ》らし、シルフィーへと問いを投げた。

「ところで、なぜ貴女《あなた》がここに？　何かよからぬ者の気配でも感じ取ったとか？」

「ん〜ん。完全なる偶然《ぐうぜん》なのだわ。美味《おい》しい魔物が棲《す》んでる危険地帯を調べてたら、ここに辿《たど》り着いたの。さっきまで変な姿したイノシシ食べてたんだけど、アード達も食べるのだわ？」

「いえ、遠慮《えんりょ》しておきます」

というか、美味しい魔物ってなんだ。

お前は武者修行《むしゃしゅぎょう》してたんじゃなかったのか。

……まったく、どこまでも行動が読めぬ妹分だ。

しかし、今回はその意外性に助けられたな。

ライザーの言葉が事実であったなら、ある程度の危機に陥《おちい》っていたかもしれない。

ここは素直に、シルフィーへ感謝しておこう。

「ところで。なんで二人がここにいるのだわ？　故郷に帰ったんじゃないの？」

「ええ。村でゆっくりと、休暇《きゅうか》を楽しむつもりだったのですが――」

俺は、今に至るまでの事情を説明した。

すると、シルフィーは目をまん丸に見開いて、

「ジ、ジニーの領土に、別の国が攻め込《せ》んできたっ⁉　た、大変じゃないのっ！」

やはり初耳か。

「こうしちゃいられないのだわっ！　ジニーを助けにいかなきゃっ！」

「ええ。これより、侵略行為《しんりゃくこうい》を受けている街へと転移いたします。……イリーナさん、心の準備はよろしいですか？」

「うん、大丈夫《だいじょうぶ》。もう、足を引っ張るようなことはしないわ」

力強く、決意に満ちた目で頷《うなず》くイリーナ。

少々、気負い過ぎにも見えるが……まぁ、何かあればサポートすればいい。

とにかく。

俺とイリーナは、シルフィーという頼《たの》もしい友人を仲間に加えて、目的地へと転移するのだった――

第七五話　元・《魔王》様と、捕《と》らわれた友

ラーヴィル魔導帝国《まどうていこく》とアサイラス連邦《れんぽう》の国境付近の地域は、ディフェンダー・ラインという別名で知られている。この一帯は公爵家《こうしやく》たるスペンサーと、その従属貴族たる子爵家《ししやく》、サルヴァンが治める土地であり、国家防衛の最前線であった。

よって当然ながら、国境沿いには多くの砦《とりで》が設けられ、そこにほど近い街も立派な城郭《じようかく》都市となっている。

ゆえに攻略《こうりやく》するのは容易でない……はずだった。

およそ国家が総力を尽《つ》くし、鉄壁《てつぺき》に仕上げたであろう防衛線。それは易々と突破《とつぱ》され、

そのうえ——

頑強《がんきよう》であるはずの城郭都市さえも、今や地獄《じごく》のような景観を晒《さら》している。

国境にほど近い街、サミュエル。

複数の地下ダンジョンを有するこの街は、冒険者《ぼうけん》の巣と呼ばれ、彼等の熱意と活気に満ちていた。

しかし現在、そんな街に広がっているのは、火災と怒号《どごう》。そして戦場特有の、饐《す》えた匂《にお》いであった。

「転移して早々、刺激《しげき》的な景観ですね」

「なんというか。帰ってきたって感じだわね。……できることならこんな感覚、二度と味わいたくなかったのだわ」

俺もシルフィーも、戦《いくさ》慣れしている。

ゆえに街の惨状《さんじょう》を目にしたところで、特にどうとも思わない。

夜の闇《やみ》を火災の炎《ほのお》が煌々《こうこう》と照らし、道端《みちばた》に死体が点在するといった、非日常。

どこかで爆音《ばくおん》が轟《とどろ》き、敵味方入り交じった怒号が断続的に響《ひび》く、この状況。

何もかもが懐《なつ》かしい。

慣れ親しんだ戦場の空気感であった。

しかし……

イリーナにとっては、初体験の地獄であろう。

彼女は肝《きも》が据《す》わった人間であるが、それでもやはり、緊張《きんちょう》と動揺《どうよう》が隠《かく》せていない。

転移して以降、イリーナは一言も発することが出来ていなかった。

「ご気分が優《すぐ》れなくなったなら、すぐにおっしゃってください。気休め程度ではありますが、魔法にて回復させていただきます」

「……うん、ありがとう」

脂汗《あぶらあせ》を流しながら、散見される死体達を眺《なが》めるイリーナ。

その一方で、シルフィーは冷静な面持《おもも》ちで周りを見回しながら、

「民間人の死体が見当たらないのだわ。転がってるのは軍人めいた死体と……冒険者の死体、かしらね？　民間人の避難《ひなん》が完了した結果なのか、あるいは、民間人が人質に取られてるのか。後者だった場合ちょっとやりにくいのだわ」

目の付け所がやはり、戦士のそれである。

俺はそんな彼女へ、自身の推測を口にした。

「おそらくは前者かと。国境沿いの砦には私も足を運んだことがあります。その際にちょっとした工夫《くふう》を与《あた》えておりまして。そう簡単には突破出来ないようになっておりました」

「そっか。なら、民間人への避難勧告《かんこく》と実動までの時間は稼《かせ》げたと、そう見るべきだわね」

普段《ふだん》は馬鹿《ばか》だが、シルフィーはこう見えても歴戦である。

幼少期、捨て子であった彼女はリディアに拾われ、戦士としての教育を受けた。

初陣《ういじん》は実に早く、七歳の時点で首級を挙げている。

まさに戦場を故郷として生き抜《ぬ》いてきた彼女は、こういったとき、普段の馬鹿さ加減が

抜けて聡明《そうめい》な一面を見せてくれる。

「民間人の人質はおらず、交戦しているのは義憤《ぎふん》をもとに立ち上がった冒険者達と、領主達によって派遣《はけん》された騎士《きし》団のみ。……それなら、遠慮なく暴れることが出来そうだわね」

シルフィーは聖剣《せいけん》・デミス＝アルギスを担《かつ》ぎながら、俺の顔を見て言った。

「けれど……最優先すべきなのは、ジニーよね」

「ええ。この魔力の感覚は、彼女のものに違《ちが》いありません」

しかし、彼女がどこで戦っているのかはわからない。

というかそもそも……感知出来る魔力反応が、残滓であるという可能性もある。

いずれにせよ、ここは散開して彼女を捜《さが》すというのが効率的であろう。

とはいえ、イリーナはこちらの手元に置いておく。

戦慣れしていない少女に戦場を一人で歩けというのは、あまりにも忍《しの》びないことだ。

「ではシルフィーさん。ジニーさんの発見、ないしは集合の合図を決めておきましょうか」

「光弾《こうだん》の魔法を空に打ち上げればいいのだわ。アタシ達は第三勢力みたいなもんだし、敵方に意図が漏《も》れるような心配もない」

「ええ。おっしゃるとおり」

取り決めなどを終えてからすぐ。

「じゃ、アタシは西方を巡《めぐ》ってみるのだわ。アード達は東の方をお願い」

そのように言い置いて、シルフィーは疾風《しっぷう》のように街中を駆《か》けていった。

「では、私達も参りましょうか、イリーナさん」

「う、うん……」

破壊《はかい》音と怒号が響き、死の匂いが蔓延《まんえん》する夜の街を、俺は散歩気分で歩く。

その隣《となり》で、イリーナは顔を青くしていた。

無理もない。死体を見慣れていない者が、多様な死に姿を目撃《もくげき》しているわけだからな。

気分も悪くなるというものだ。

しかし、彼女は気丈《きじょう》な態度を崩《くず》さなかった。顔は青いけれど、その瞳《ひとみ》にはジニー救助の意思が失われていない。

友のためならば、どのようなおぞましさにも耐《た》える、と。そんな覚悟《かくご》が宿っている。

……とはいえ、戦場の地獄ぶりは確実に、イリーナの心をすり減らしていた。

「死ねッ！　死ねッ！　死ねぇぇぇぇぇぇぇぇぇぇッ！」

若い騎士が、既《すで》に死体となった敵のオークに対し、執拗《しつよう》に剣を突《つ》き刺《さ》す姿。

「や、やめてくれっ！　お、俺には妻と子供が――」

命乞《いのちご》いをする相手へ、容赦《ようしゃ》なく槍《やり》を突き刺す老兵。

道すがら、我々はそういった、戦場の風物詩を目撃した。

……もし、これが古代の戦場であったなら、俺はどうとも思わなかっただろう。

だが、この現代においては。

新たな仲間達を得た、この時代においては。

悲劇を演ずる者達と、友人達の姿が、どうしてもダブってしまう。

それはイリーナも同じだったらしい。

「戦争が長引いたら……学園の皆《みな》も、戦場に駆り出される、のよね……」

「……ええ。子供とはいえ、魔導士は優秀《ゆうしゅう》な兵士となりうる。学徒動員は必然でしょう」

「そうなったら……皆、あんな顔をするようになるのかな……」

殺される者が浮《う》かべる恐怖《きょうふ》。

殺す者が浮かべる昏《くら》い快感。

我が友人達もまた、戦場に出れば、どこかが狂《くる》ってしまうだろう。

そうなれば……明るい明日など、待ってはいまい。

「それを防ぐためにも、この戦、我々が早急《さっきゅう》に止めねばなりません。しかしまずは、ジニーさんやエラルドさんの救助。これを果たしましょう」

イリーナは無言で、力強く頷いた。

互《たが》いに強固な決意を胸に抱《いだ》きながら、地獄巡《じごくめぐ》りを行う最中。

俺達は、聞き覚えのある声を耳にする。

「死んでたまるかよぉおおおおおおおおおおおおおおおッッ！」

周囲に響き渡《わた》った、必死な叫《さけ》び。

俺とイリーナは顔を見合わせ、

「い、今の声って」

「現場へ向かいましょう。彼が危《あや》うい」

俺とイリーナは足を躍動《やくどう》させ、声が飛んできた方角へと急行した。

そして、彼の姿を見る。

公爵家長男、エラルドの姿を、見る。

全身を守る銀色の甲冑《かっちゅう》は半壊《はんかい》状態で、防具としての役割を果たせていない。

露出《ろしゅつ》した肌《はだ》やオレンジ色の髪《かみ》は、鮮血《せんけつ》の紅《あか》に染まり、実に痛々しい姿であった。

そんな彼を、大量の敵兵が取り囲んでおり――

「この野郎《やろう》、死に損《ぞこ》ないの分際で暴れやがって」

「公爵家の捕虜《ほりょ》は、こいつの弟で十分だよなぁ？」

「腕《うで》を焼いてくれたお礼に、嬲《なぶ》り殺してやるぜ」

敵方は一様に、殺意を漲《みなぎ》らせていた。

それを前に、エラルドは闘志《とうし》を瞳に宿している。

絶望的な状況《じょうきょう》であっても、生き延びることを諦《あきら》めてはいない。

……実際のところ、彼がここで死ぬことはないだろう。

なぜか？　この俺が、死なせないからだ。

「《ロック・インパクト》」

土属性の下級攻撃《こうげき》魔法を、相手方の人数分発動する。

天上に顕現《けんげん》した魔法陣《じん》から、次の瞬間《しゅんかん》、硬《かた》い土塊《つちくれ》が敵兵へと降り注いだ。

その一撃により、ある者は昏倒《こんとう》し、ある者は手足などを折って地面へ転がる。

敵方が瞬《また》く間《たま》に一掃《いっそう》された後。

エラルドが目を丸くしながら、こちらを見た。

「ア、アード……!?　それに、イリーナ……!?　な、なんで、お前等がここに……!?」

「さる御方《おかた》から、貴方《あなた》とジニーさんの危機を知らされましてね。ゆえに参上いたしました」

言うと同時に、俺はエラルドへ回復魔法をかけた。

痛々しい姿が、瞬時に平常のものへと変わる。

「それで、エラルドさん。この戦場に参加しているのは、貴方だけですか？」

「……いや。オレの直属として、ジニーも参加してる」

「ならば、彼女はどちらへ？」

問いかけに対し、エラルドが歯嚙《はが》みする。

……おい、なんだその反応は。まさか、最悪な事態となっているのではなかろうな？

友の現状に不安を覚えながら、俺はエラルドの言葉を待った。

そして。

「捕虜として、攫《さら》われたッ……！　オレの、目の前でッ……！」

苦悶《くもん》を吐《は》き出すように、エラルドは言葉を紡《つむ》いだ。

「最初は、なんてことはなかった……！　どうとでもなる仕事だと、そう思ってた……！

だが、奴《やつ》が来やがった瞬間、何もかもがひっくり返ったんだ……！」

拳《こぶし》を握《にぎ》り締《し》め、わなわなと全身を震《ふる》わせるエラルド。

そんな彼へ、俺は眉根《まゆね》を寄せながら問いを投げた。

「奴、とは？」

「……《竜人《りゅうじん》》だ。《竜人》の男が、敵軍についてやがった」

この答えに、俺は少しだけ驚《おどろ》いた。

《竜人》と言えば、超《ちょう》が付《つ》くほどの希少人種である。また、彼等は他人種を見下しており、決して人の世に交わることはない。そうだからこそ、《竜人》種と遭遇《そうぐう》するようなことは、どれだけ長生きしてもまずありえないことだと言われている。

俺でさえ、彼等と顔を合わせた回数は二度か三度しかない。

その際の印象としては、皆徹底的《みなてってい》な人間嫌《ぎら》いといったもので……

そうだからこそ、驚いている。なぜ《竜人》種が、アサイラス連邦《れんぽう》に付いているのか。

……まさに大いなる謎《なぞ》だが、しかし、それは当人に直接聞けばいい。

「ジニーさんはご無事、なのですね？」

「あぁ。おそらく、な。……けど、アサイラスの連中はケダモノみてぇな連中だ。早く助けてやらねぇと、どんな扱《あつか》いを受けるか……！」

かつての贖罪《しょくざい》か。エラルドの目には、ジニー救助への思いが宿っていた。

しかし、彼を連れて行くわけにはいかない。おそらく、エラルドはこの戦場における総指揮を務める人間。それが一時でも行方《ゆくえ》知れずとなれば、軍全体の士気に関わる。

ゆえに、俺はエラルドへこう述べた。

「よろしいか、エラルドさん。貴方はここへ残り、これから私が行うことを、自らの手柄《てがら》として自軍内に広めるのです。そうして味方を鼓舞《こぶ》なさい。ジニーさんの救助は、我々が行います」

一方的な言い方になってしまったが、エラルドは愚《おろ》かな男ではない。

俺の提言がもっとも効率的であると理解し、受け入れていた。

「……わかった。オメーに全部任せる」

そう述べてから、エラルドは首を傾《かし》げつつ、

「ところで。これからすることってなんだ？　オレの手柄にするとか言ったけど……なにするつもりだよ？」

「大したことではありません。この状況において、至極《しごく》まっとうな行い、即《すなわ》ち――」

薄《うす》く微笑《ほほえ》みながら、俺は答えを口にした。

「これより、敵兵を撃滅《げきめつ》いたします」

宣言と共に、相手の反応を待つことなく、俺は飛行魔法《まほう》を発動した。

そして闇色《やみいろ》の天蓋《てんがい》へと昇《のぼ》り、城郭《じようかく》都市の様相を見下ろす。

「……この街は我が友、ジニーの一族が治めし土地の一部。これ以上の狼藉《ろうぜき》は許さぬぞ」

独りごちてからすぐ、俺は魔法を発動した。

その直後、街全域に無数の魔法陣が顕現する。城郭都市を埋《う》め尽《つ》くすようなそれは、次

の瞬間、多様な属性魔法を射出し、敵軍を一瞬にして壊滅《かいめつ》させた。

もっとも、死者は一人も出してはいない。

狼藉者とはいえ、無価値な命を奪《うば》うのは我が美学に反する。

よって手足のいずれかを奪う程度に留《とど》めておいた。

そうして戦闘《せんとう》不能となった敵兵達のうち、位が高そうな者を選別し、捕虜用に残す。

それ以外の連中については、街中に留めておいても害悪になりかねんので、転送魔法にて別の場所……海洋の真《ま》っ只中《ただなか》へと送る。

連中のほとんどは屈強《くっきょう》なオークだ。生命力も実に高い。

運が良ければ生き延びるだろう。

……一仕事終えてから、俺はエラルドとイリーナのもとへ降り立った。

二人はこちらを見つめながら、

「あいっかわらず、メチャクチャだな……」

「でも、それでこそアードだわ」

呆《あき》れたように笑うエラルドと、憧憬《どうけい》の眼差《まなざ》しを向けるイリーナ。

彼等に微笑んだ後、俺はシルフィーに招集をかけるべく、魔法の光弾《こうだん》を天へと飛ばす。

それからしばらくして、彼女がこちらへとやってきた。

シルフィーに事情を説明し、今後の行動内容を固めた後。

俺は改めてエラルドの方を見て、

「ともあれ、貴方が無事で良かった」

「……オレのことなんかはいい。早く、ジニーを助けてやってくれ。こっちはオメーが言った通り、いい感じにやっておくからよ」

彼の意思に応えるつもりで、俺は大きく頷《うなず》いた。

そして。

イリーナ、シルフィーを連れて、国境沿いの砦《とりで》へと転移する。

おそらく、敵方はそこを拠点《きょてん》として利用しているだろう。

待っていろ、ジニー。

すぐに助けるからな。

友の安全を祈《いの》りながら、俺は目的地へと瞬間移動するのだった。

閑話《かんわ》　元・《魔王》様の友人、戦《いくさ》に敗れ、そして——

アサイラス連邦による、領土侵犯《しんぱん》。

その一報を耳にしたとき、ジニーは不安と緊張《きんちょう》に押《お》し潰《つぶ》されそうになった。

一般《いっぱん》的な人間と比べれば、彼女は異常な経験を多々積み重ねてはいる。それこそ、命に関わるような修羅場《しゅらば》も乗《の》り越《こ》えてきた。

だが、それでも、ジニーはまだ一五歳の少女である。

初の戦に畏怖《いふ》を覚えるのは必然であった。そこに加えて……エラルドの直属として活動するという取り決めもまた、ジニーの心に重圧をかける要因となった。

幼児期の頃《ころ》から顔を合わせ、長い間、自分をいじめてきた存在。ゆえにエラルドは、今なおジニーにとってトラウマのような存在だ。

そんな男と密な関係を築き、都市の救援《きゅうえん》という大仕事を果たさねばならない。

戦への初参加以上に、それがジニーの心を苛《さいな》んだ。

けれども、エラルドは何を思ったか、直接顔を合わせて会話するようなことは一度もなかった。意思疎通《そつう》の全《すべ》ては、彼の傍仕《そばづか》えである麗《うるわ》しのメイドを仲介役《ちゅうかい》として行われ、面と向かっての相談などは皆無《かいむ》。

お互《たが》い、顔も見たくないと、そういうことだろう。ジニーはそのように解釈《かいしゃく》した。

おかげで余計な精神的苦痛を負うことなく、彼女は戦のみに集中出来た。

そして、出発の日がやってくる。エラルドが率いる軍勢、二〇〇〇に付き従う形で、ジニーもまた一二〇〇の兵を率いて出陣《しゅつじん》。

無論のこと、両者共に初陣《ういじん》ゆえ、経験豊富な老将が側近として仕《つか》えることになっている。

それならばいっそ、何もかもをベテランに任せればいいのに、と、そう思うジニーであったが……そのように出来ぬのが、貴族社会の辛《つら》いところだった。

貴族は名誉《めいよ》を重んずる。古くより国境警護にあたっていた家柄《いえがら》となれば、特にその傾向《けいこう》は強い。ゆえにひとたび戦が始まれば、長子が先陣を切って前線へ向かい、その有能さを周囲に知らしめるというのが習わしとなっていた。

そうすることで、家の名誉を守るだけでなく、未来安泰《あんたい》であることを貴族社会にアピールする。そんな大人の都合で、一五歳の少女は危地へと赴《おもむ》き……

その惨状《さんじょう》に、吐き気を覚えた。

住民の避難《ひなん》は完了《かんりょう》しており、有志の冒険《ぼうけん》者による反抗《はんこう》軍が敵方と交戦中という、そうした状況《じょうきょう》は伝え聞いていたが……それが具体的に、いかなる状況を生み出すのか、ジニーには想像出来ていなかった。

人間の狂気渦巻《きょうききうずま》く戦場は、これまで経験したいかなる修羅場を超《こ》えておぞましく、何もかもを捨てて逃《に》げ出したくなった。

けれども、そんなとき、脳裏《のうり》にアード・メテオールの姿がよぎる。

彼の伴侶《はんりょ》はこんなとき、どうすべきか？

みっともなく逃げる？　否《いや》。それは違《ちが》う。

勇敢《ゆうかん》に前へ出て、人々を救うのだ。それこそが、彼の伴侶に相応《ふさわ》しい姿であろう。

アードのことを思うと、ジニーの心に勇気が湧《わ》き上がってきた。

そしてジニーは、東側の制圧作業へと移行する。

西側はエラルドの分担区域。彼がそちらを抑《おさ》える間、自分はこちらを制する。

その作業は実に順調であった。

軍のコントロールは傍仕えの老将が一身に担《にな》い、ジニーの負担はほとんどない。

だから彼女は、ただ己の力を振《ふ》るう一個の戦士として活動するだけでよかった。

ジニーはサキュバスという、希少種族の一人である。代々女子しか生まれず、男に依存《いそん》せねば種を存続出来ぬという欠点を有するが、その一方で膨大《ぼうだい》な魔力を持つ。

生まれながらの天才種族であるジニーは、アード・メテオールの手腕《しゅわん》によって魔法の才覚を目覚めさせており、その腕前《うでまえ》はそこらの一流魔導士《まどうし》など足下《あしもと》にも及《およ》ばない。

そこに加えて、ジニーにはアードより授かった強力な魔装具がある。激烈《げきれつ》な速度で行動可能となる脚甲《きゃっこう》。身体能力を極限以上に高め、任意で強烈《きょうれつ》な稲妻《いなずま》を発生させる紅い槍《やり》。それらも相まって、ジニーの戦働きはまさに武神そのものであった。

「これが、我が家の次期当主ッ……！」

「サルヴァンは安泰にございますなッ！」

「ジニー様のご勇姿、なんとしても御《ご》当主にお伝えせねばッ！」

桁外《けたはず》れの活躍《かつやく》に、老将達が快哉《かいさい》を叫《さけ》ぶ。

そうした中、ジニーは戦場の空気にも慣れ、余裕《よゆう》が生まれていた。

勝利の確信も手伝ったか、アードへの思慕《しぼ》に耽《ふけ》る瞬間《しゅんかん》が、次第《しだい》に増えていく。

（今回の活躍ぶり、アード君にどうお伝えしようかしら？）

（勇ましく戦いました……というのはダメね。可愛《かわい》くないもの）

（人々を救ったと、胸を張るのもダメ。そんなのは彼の伴侶として当然だもの）

（でも……ちょっとぐらいは、褒《ほ》めてほしいかな）

戦場にて思い人の顔を浮《う》かべるというのは、古来より知られたタブーの一つだった。

そうしたことをする者は、必ず不幸な結末を迎《むか》えると、まことしやかに噂《うわさ》されている。

だが、ジニーはそれを迷信と考えており、信じてはいなかった。

むしろ、愛する者を思ってこそ、人は強くなれると考えている。

その証拠《しょうこ》に、東側の制圧作業は順調であった。これもアードへの愛ゆえであろう。

……この時点で、ジニーの脳裏に敗北の二字など存在しなかった。

もはや結果は確定したものであり、それが覆《くつがえ》るようなことはないと、そう思っていた。

だが。

確定した未来などありはしない。

それを証明するように、天空より、一人の男がジニー達の前に降り立った。

若い。およそ二〇代前半といったところか。

その容貌《ようぼう》は美青年と呼ぶに相応《ふさわ》しい。白金色の髪《かみ》を腰《こし》まで伸《の》ばしており、それが中性的な顔立ちも相まって、ことさら美形具合に拍車《はくしゃ》をかけている。

スラリとした長身に分厚いダークコートを纏《まと》うその男は、ジニーの姿を目にすると、

「……ジニー・フィン・ド・サルヴァンで、間違《まち》いないな？」

その声音《こわね》は、とても静かで。

そして、凄《すさ》まじい重圧を感じさせるものだった。

「何者だ、貴様ッ！　アサイラスの兵――」
ジニーを支える親衛隊の一人が、叫びを放つ中。
その怒声《どせい》が、途中《とちゅう》で掻《か》き消えた。
彼はもはや、二度と声を出すことはないだろう。
なにせ――
その頭は爆《は》ぜ飛び、木《こ》っ端微塵《ぱみじん》となったのだから。
「――――ッ!?」
周囲に緊張が広がる。それは、ジニーとて同様であった。
「貴方はッ……！」
冷《ひ》や汗《あせ》を掻きながら、敵方を睨《にら》む。
よく見ると、白い肌《はだ》に何か、妙《みょう》なものが付着していた。
あれは……鱗《うろこ》であろうか。
人肌に、爬虫類《はちゅうるい》じみた鱗。その様相に、ジニーはトラウマの一つを連想した。
それはかつて、死の間際《まぎわ》まで自分を追い詰《つ》めた存在。
アード・メテオールによって打ち倒《たお》された、神話に名を刻みし怪物《かいぶつ》。
狂龍王《きょうりゅうおう》・エルザード。

目前の男は、彼女にどこか似た空気を放っていた。

「……お前を人質とする」

決定事項《じこう》を淡々《たんたん》と紡《つむ》ぐような調子で口にすると、男は緩《ゆる》やかな歩調で近づいてきた。

「ジニー様をお守りしろッ！」

「単独で軍勢に挑《いど》むことの愚《おろ》かしさを教えてくれるッ！」

吼《ほ》える老将達。親衛隊を始め、ジニーが率いし一二〇〇の軍が、ただ一人の男を打ち倒すためだけに集結する。

だが……結果は、惨敗《ざんぱい》であった。男の力量は規格外そのもの。無数の兵は瞬く間《またたま》に数を減らされ、老将達もまたことごとくが死んだ。

そしてジニーもまた、奮闘《ふんとう》むなしく敗北し……

「ぐ、う……！」

一瞬の隙《すき》を突《つ》かれ、背後に回られてからすぐ、後頭部に鈍《にぶ》い痛みを覚えた。

次の瞬間、意識が暗転していく。

ここまでか。

そう思った矢先のことだった。

「そいつを放しやがれッ！　鱗野郎《やろう》ッ！」

声が、聞こえた。
少年の声だ。しかし、アードのそれではない。
粗暴《そぼう》な調子で紡がれたその声は……エラルドのものだった。
「あいつに代わって、今はオレがッ！　そいつを守らなきゃなんねぇんだよッ！」
こんな言葉が、聞こえたきたが。
しかし、ジニーはそれを現実のものとは思わなかった。
混濁《こんだく》する意識が生み出した、ありえぬ幻聴《げんちょう》だと、そのように解釈した。
エラルドが自分を救いに来るなんて、そんなこと、あるわけがない。
彼と自分は、そんな関係ではないし……
未来永劫《みらいえいごう》、そうした間柄《あいだがら》になることは、ないのだから。
そして彼女は意識を手放し――

頭の鈍痛《どんつう》を感じながら、今、目を覚ます。
どうやら、硬《かた》い床《ゆか》に転がされていたらしい。
硬質《こうしつ》な感覚と頭痛に不快感を味わいつつ、瞼《まぶた》を開けた瞬間。

「あっ……！」

中性的な声が耳に届いた。

痛む頭を動かして、そちらを見ると……

オレンジ色の髪と、少女じみた愛らしい顔立ちを持つエルフが、床に座り込んでこちらを見つめていた。

「ミシェル、様……？」

彼はエラルドの弟であり、彼等の父の命令によって此度《こたび》の制圧任務に加わっていた。まだ一二歳の、年端《としは》もいかぬ少年である。そんな彼はエラルドなどとは違い、実に心優《やさ》しい人格の持ち主だった。ゆえにこの場での第一声は、

「よかった……！　目覚められたのですね……！」

ジニーを慮《おもんぱか》るような言葉であった。

「……ミシェル様。ここは、いったい」

痛む頭を押さえながら、上半身を起こす。

そんな彼女の問いかけに、ミシェルは俯《うつむ》きながら答えた。

「国境沿いに設けられた、砦《とりで》の一つです。元々は我等のもの。しかし、今は……」

「敵の拠点《きょてん》、ですか」

現状を把握《はあく》するには、十分な情報だった。

自分とミシェルは今、捕虜《ほりょ》として囚《とら》われている。

周囲を見回すと、その実感が強くなった。

手狭《てぜま》な室内に、簡易的なトイレとベッド、それだけが配置された、殺風景な室内。

砦の内部に設けられた独房《どくぼう》の一つであろう。

……囚われの姫君《ひめぎみ》と言えば聞こえは良いが、その実、足を引っ張る厄介者《やっかいもの》だ。

これまで小説の類《たぐ》いで無数に見てきた存在だが、まさか自分が同じ立場になろうとは。

「だ、大丈夫《だいじょうぶ》。わ、わたしが、貴女《あなた》を守りますからっ！」

こちらの不安を察したのか、ミシェルがこんなことを言ってくる。

ジニーはその言葉に、一応の感謝を述べるが……

彼を頼《たよ》ることは出来ないと、心の底から思っていた。

ミシェルの性格はよく知っている。

彼は実に心優しく、慈愛《じあい》に溢《あふ》れた少年だが、その一方で、あまりにも勇気がない。

それを証明する瞬間が、やってきた。

そのとき、唐突《とうとつ》にドアが開かれ、一人の兵士がやってくる。

屈強《くっきょう》なオークであった。緑色の肌と、筋骨隆々《りゅうりゅう》な肉体を見せびらかし、威圧《いあつ》するように、薄手《うすで》の普段《ふだん》服を纏うその男は、ニヤニヤと笑いながらジニーを見た。

……視線がおぞましい。舐《な》めるように全身を見回してくる。

今のジニーは下着のみの姿となっていた。

鎧《よろい》は剝《は》ぎ取られ、その下に着込んでいた鎖帷子《くさりかたびら》なども取り除かれている。

彼女の豊かな胸や、白く滑《なめ》らかな太ももを無遠慮《ぶえんりょ》に見つめながら、オークの兵士が言葉を投げた。

「出なよ、嬢《じょう》ちゃん。隊長がお呼びだ」

これがどういう未来を暗示しているのか、わからぬジニーではない。そしておそらく、ミシェルにしても、ジニーが酷《ひど》い目に遭《あ》うということは予想出来ているだろう。

だが、先ほどの宣言はどこへやら。彼はただ怯《おび》えるのみで、一言も発することはない。

もっとも、それが至極《しごく》まっとうな行動である。

一二歳の子供に庇《かば》ってもらおうなどと、ジニーは微塵《みじん》も思っていなかったし……

それに、自分が悲劇のヒロインを演ずることもないと、確信している。

だから、オーク兵達が集《つど》う一室に連れられ、舐め回されるように見られても。

相手方の瞳《ひとみ》に、確かな劣情《れつじょう》が宿っていることを感じ取っても。

ジニーは、堂々とした様子を崩《くず》すことはなかった。

「……随分《ずいぶん》と気丈《きじょう》だな、嬢ちゃん。それとも、今から何をされるかわかってないのかな？」

頭目と思《おぼ》しき、一際《ひときわ》屈強なオークが、口を開いた。

「いいえ。理解しておりますわ。けれど……宣言しておきましょう。貴方達は、私に指一本触《ふ》れることはない、と」

これを挑発《ちょうはつ》文句と受け取ったか、オーク達が全身に怒気《どき》を漲《みなぎ》らせた。

「隊長。問答なんざ不要だぜ」

「さっさとヤっちまおう」

「こういう生意気な女を屈服《くっぷく》させる瞬間《しゅんかん》がたまんねぇんだよなぁ」

下卑《げび》たオーク達の言葉に、隊長と呼ばれたオーク兵は肩《かた》を竦《すく》め、

「悪いね、嬢ちゃん。敵方への脅《おど》し、あるいは交渉《こうしょう》材料として、捕虜の一人は徹底《てってい》してイジメにゃならんのだわ」

古来より、よくやる手口だと、ジニーは理解していた。

高貴な人間を二人以上、捕虜にして、もっとも位が低い者を拷問《ごうもん》にかける。

その様相を映写の魔導《まどう》装置で撮影《さつえい》し、それを位の高い捕虜の家へと送り届け、脅す。

お前の家の人間も、こうなるぞ。

それが嫌《いや》なら、こちらの言うことを聞け。

無駄《むだ》な血を流すことなく、相手を服従させる手段の一つだ。

「まぁ、脅しなんぞ通じるような相手じゃねぇんだろうがね。だからどっちかっつぅと、部下の慰安《いあん》目的ってところが大きい。そういうわけで、嬢ちゃんには慰み者《なぐさもの》になってもらう。恨《うら》むなら、自分の生まれでも恨むんだな」

その言葉を、オーク達は始まりの合図として受け取ったのだろう。

ジリジリと、ジニーの方へとにじり寄ってくる。

その様相は、一般《いっぱん》的な乙女《おとめ》であれば失禁するほど恐《おそ》ろしいものだったが……

ジニーはむしろ、笑《え》みさえ浮《う》かべて見せた。

そうして、断言する。

「もう一度、言っておきますわ。貴方達は、私に指一本触れることはない。なぜなら」

そこまで紡いだ次の瞬間、周囲一帯に、ド派手な破壊音《はかいおん》が轟《とどろ》いた。

劣情から一転して、緊張《きんちょう》を目に宿すオーク達。

そんな面々に対して、ジニーは先刻の続きを口にする。

胸を張りながら、確信に満ちた様子で。

「私にはね、白馬の王子様がついているのですよ」

第七六話　元・《魔王》様と、希少種の戦い

転移した先は、敵地の真《ま》っ只中《ただなか》であった。

元々はラーヴィルの砦として外敵からの侵略《しんりゃく》を防いでいたが、今や敵方に奪取《だっしゅ》され、彼等の根城となっている。

この砦は小さな城郭《じょうかく》都市といった設計がなされており、四方を堅牢《けんろう》な壁《かべ》が覆《おお》い、内部には兵の宿舎や物見櫓《やぐら》など多くの建造物が乱立している。

そうした砦の中央広場にて。

我々はオークを中心とした敵兵の注目を浴びていた。

「……あ？」

「なんだ、あいつら？」

「突然《とつぜん》、湧《わ》いて出やがった……？」

松明《たいまつ》の灯りが周囲を照らす中、敵兵達の声が飛び交《か》う。

いずれも当惑《とうわく》した様子だった。

無理もない。転移の魔法は失われた魔法として知られている。

そのため、陣地《じんち》に突如《とつじょ》敵が攻め入《せい》ってくるといった発想がないのだ。

そして俺は、動揺《どうよう》する敵兵達を尻目《しりめ》に、イリーナ、シルフィーの両者へ指示を出す。

「今回もまた分散して動きましょう。それがもっとも効率的かと」

シルフィーに異存はなさそうだった。

しかし、イリーナは少々違《ちが》ったようで、

「ねえ、アード。あたしもシルフィーみたく、単独でジニーを捜《さが》すわ」

こんなことを言ってきた。

それも、断固たる意思を宿した瞳を、こちらに向けながら。

……森の中での無力感などが最たる理由であろう。

まぁいい。単独行動は危《あや》ういが、何があろうとも救助出来る自信がある。

ここは彼女の好きにさせよう。

「了解《りょうかい》しました。ご武運をお祈《いの》りいたします」

俺の返事に、イリーナは力強く頷《うなず》いた。

それを確認《かくにん》してから、俺は周辺の兵士達に微笑《びしょう》しつつ、宣言する。

「捕虜の場所を尋《たず》ねたところで、貴方《あなた》達が素直に教えてくださるわけもなし。ゆえに――

貴方達と同様、蛮族《ばんぞく》スタイルで探索《たんさく》いたします」

俺がそのように述べてからすぐ、シルフィーが迷うことなく地面を蹴《け》った。

そして、その手に構えし聖剣《せいけん》・デミス＝アルギスを用いて、手近な兵士達を次々と斬《き》り伏《ふ》せていく。

問答無用。呼吸するかのように敵地を蹂躙《じゅうりん》しつつ、目的を果たす。

まさに蛮族スタイルであった。

「ジニイイイイイイイイ！　どぉおおおおこにいるのだわぁああああああああああああああああ!?」

敵を一人、また一人と刻みながら、シルフィーは絶叫《ぜっきょう》する。

そうした勇ましい姿に触発《しょくはつ》されたか、イリーナもまた瞳に勇気を滾《たぎ》らせ、

「《フレア・ウォール》っ！」

火属性の中級攻撃《こうげき》魔法を発動。広範囲《こうはんい》を火の海で覆い尽《つ》くし、多くの敵兵を片付けた。

そうして、イリーナもシルフィーと同様、砦の中を駆《か》けながら、ジニーの名を叫《さけ》ぶ。

「さて。俺も動くとしようか」

魔法を用いて、イリーナ、シルフィー、両名の状況《じょうきょう》を常に監視《かんし》しながら、俺もまた適度に力を行使した。

スタスタ歩きつつ、目視した敵方へ魔法を叩《たた》き込《こ》む。

抵抗《ていこう》など一切《いっさい》出来ぬ、不可避《ふかひ》の速攻。ゆえに、我が眼前に立った者達は総じて、一言も喋《しゃべ》ることなく地面へと倒《たお》れ伏していく。他方ではイリーナやシルフィーが暴れ回り、次第《しだい》に兵士達の怒号《どごう》が飛び交うようになった。

「この調子なら、狙《ねら》い通り、ジニーの救助と敵兵の一掃《いっそう》、同時にこなせそうだな」

ジニーを救うだけならば、それこそ転移の魔法で彼女のもとに飛ぶだけで済んだ。

しかし、今は戦時下である。常々、戦《いくさ》に効果的な働きをするよう立ち回るべきだろう。

よって俺は、ジニー救助と砦の奪還《だっかん》、両方同時にこなすことを考えた。

シルフィーやイリーナに暴れさせているのは、それが理由である。

「敵の排除《はいじょ》は二人に任せて、俺はジニーのもとへ行くとしようか」

探知の魔法で彼女の魔力反応を探せば、その居場所は一瞬で把握出来る。

どうやらジニーは今、多くの兵士達に囲まれているような状態、らしいな。

……間に合ってくれていると、いいのだが。

彼女の安全を祈りつつ、俺は宿舎の一つへと向かい――

無造作に拳《こぶし》を振《ふ》るって、壁面《へきめん》を粉砕《ふんさい》した。

そうして宿舎に大穴を開け、目的の部屋へと入室。

そこには数多くのオーク兵と、それらに取り囲まれたジニーの姿があった。

……下着姿、か。あと少し遅《おく》れていたなら、実に不愉快《ふゆかい》な現場を目撃するハメになっていただろうな。

友人が汚《けが》される一歩直前という状況を前に、俺は怒《いか》りを覚えた。

「なんだ、てめ――」

「お黙《だま》りなさい、俗物《ぞくぶつ》」

不逞《ふてい》の輩《やから》の声など聞きたくもない。

俺は室内に存在する全《すべ》てのオーク兵に対し、魔法を発動。その全身を火だるまにしたうえ、ここより遥《はる》か遠くにある、おぞましい魔物達が棲まう森へと転送した。

女子供を好きこのんで犯すような連中など、戦士ではない。畜生《ちくしょう》以下である。

かような者達は魔物の餌《えさ》にでもなればよい。

「……申し訳ございません、ジニーさん。私がもっと早く到着《とうちゃく》していたなら、怖《こわ》い目に遭うこともなかったでしょう」

言いつつ魔法を発動し、彼女に学園の制服を纏《まと》わせた。

まっとうな装いとなったジニーは、こちらを見つめながら、首を横に振る。

「いいえ。怖い目になど遭ってはおりませんわ。アード君が来てくださると、信じていましたもの」

ニッコリと微笑《ほほえ》むジニー。その信頼《しんらい》に応えることが出来て、本当によかったと思う。

「ところでアード君。他にも人が？」

「ええ。シルフィーさんもイリーナさんも、貴女《あなた》を救うべく奮闘《ふんとう》しておられます」

「そう、ですか。二人には後で、お礼を言わねばなりませんね」

どこか申し訳なさげに呟《つぶや》く。それからジニーは、ドアへと目をやった。

「私以外にも、ミシェル様……エラルド様の弟君も囚《とら》われております。彼も同時に、救助してくださいませ」

「ええ。それは勿論《もちろん》」

彼女に頷き、そして、ミシェルのもとへ。狭っ苦しい室内の隅《すみ》っこで、彼は震《ふる》えていた。

外部で今なお響《ひび》く破壊音と怒号に怯《おび》えているのだろう。

そんな少年、ミシェルはこちらを見るや否《いな》や、目を丸くして、

「ジ、ジニーさんっ……！　ご無事だったのですねっ……！」

「はい。全てはアード君のおかげです」

「アード……!?　も、もしかし、貴方があの、アード・メテオール……!?」

「左様にございます」

どこか怯えた様子でこちらを見てくる。おそらくだが、この少年からしてみると、俺は兄をボコボコにした恐ろしい相手にしか思えんのだろうな。

あるいは、家の敵として認識しているのかもしれない。

もしそうだったなら酷《ひど》い誤解というものだ。弁明すべく、俺は口を開いた。

「私は貴方様の兄君と、かつて一悶着《ひともんちゃく》起こした身ではありますが……決して、御家《おんけ》の敵ではございません。ゆえにご安心を。貴方様の御身は私が命を賭《と》してお守りいたします。無事に父君のもとまでお送りすることをお約束しましょう」

「は、はい……！　よ、よろしく、お頼《たの》み申します……！」

プルプルと震えている様子が、どこか小動物じみて愛らしく思う。

ともあれ、これにて目的は果たした。

ジニーとミシェルを連れて外へ出る。

と、ちょうどイリーナ達も探索を終えたのか、ばったりと顔を合わせた。

「シルフィーさん。そちら方面の敵兵はどうなりました？」

「あらかた殲滅《せんめつ》したのだわ。そっちも無事、ジニーを発見出来たみたいでよかったのだわ」

殲滅、か。実際、敵兵の怒号はもはやない。

これで砦《とりで》の奪還といった目的も果たせたと考えてよかろう。

「……ミス・イリーナ」

「……ジニー」

俺とシルフィーの横で、イリーナ達が顔を見合わせた。

一瞬、二人はどこかもじもじとした空気を放ったが、しかし。

すぐさま、いつも通りのやり取りを見せた。

「ふん。無様に捕《つか》まってんじゃないわよ。おかげであたしとアードの休暇《きゅうか》が台無しになっちゃったじゃないの」

「あらあら。貴女まで来てたんですねぇ、ミス・イリーナ。私としては、アード君だけで十分でしたのに」

刺々《とげとげ》しいやり取りではあるが、その内面では別の思いを抱《だ》き合っているに違いない。

イリーナはジニーの安全を確認し、胸をなで下ろしている。

ジニーは友が駆けつけてくれたことに、喜びを覚えている。

俺の目には、そのように映った。

「ところでアード。そのちびっ子は誰《だれ》なのだわ?」

「あぁ。こちらの御方《おかた》は——」

説明する最中のことだった。突如として雷鳴《らいめい》が轟《とどろ》き、殺意に満ちた紫電《しでん》が殺到《さっとう》する。

俺はすぐさま防御魔法《ぼうぎょまほう》、《ウォール》で対応。

皆《みな》の全身を球状の膜《まく》で覆《おお》い、ことなきを得る。

「……皆さん、お下がりください」

脈絡《みゃくらく》なく現れた敵方を睥睨《へいげい》しながら、俺は思った。

なるほど。こいつが例の《竜人《りゅうじん》》か。

腰《こし》まで伸《の》びた白金色の頭髪《とうはつ》が、夜風になびく。

スラリとした長身を分厚いダークコートで包み、その両手をポケットに収めている。

見目は実に美しいが、随所《ずいしょ》に爬虫類《はちゅうるい》じみた鱗《うろこ》が浮《う》かんでおり、どこか異形じみた美形であった。そんな《竜人》は、こちらを見つめながら口を開く。

「……貴様が、アード・メテオールか」

「左様にございます」

即答《そくとう》すると同時に、相手方の全身から闘志《とうし》と殺気が迸《ほとばし》った。

「……このアルセラを差し置いて、我が主人の注目を浴びるなど、あってはならぬ」

嫉妬《しっと》由来の情念を発しながら、《竜人》、アルセラが射殺さんばかりに睨《にら》んでくる。

その瞬間《しゅんかん》であった。

金槌《かなづち》で殴《なぐ》られたような衝撃《しょうげき》が、頭部全体に走る。

敵の攻撃《こうげき》によるものとみて間違《まちが》いないが、しかし、魔法陣《じん》は顕現《けんげん》していなかった。

これが《竜人》族を強者たらしめている要因の一つである。

彼等は竜独自の魔法言語を操《あやつ》るわけだが、その秘法には魔法陣を隠蔽《いんぺい》するものがある。

陣を不可視にするということは即《すなわ》ち、魔法の発動タイミングがわからなくなるということ。これは魔法戦において実に大きなアドバンテージとなる。

さらに付け加えるなら、対面の男は発動のタイミングだけでなく、魔法の内容そのものさえも視認不能に出来るようだ。

まさに不可避の奇襲《きしゅう》魔法といったところか。

おおよその相手は、この一撃でやられてしまうだろう。

しかし。


「……やはり、貴様を葬《ほうむ》るには至らぬ、か」

そう、一般《いっぱん》人であれば、先刻の魔法で頭を粉微塵《こなみじん》に粉砕されていただろう。だが、俺にはこの程度の魔法、どうということはない。

無意識のうちに放出している魔力がちょっとした防壁《ぼうへき》になっており、それが相手の魔法の威力《いりょく》を半減させるのだ。

「下等種でありながら、その異常な魔力量。……しかしそれでも、我が力には及《およ》ばぬ」

相手方の殺気と闘志が、一層強くなった。

ここがらが本番、といったところか。

「よろしいですか、皆さん。手出しは無用です。彼は私が片を付けます」

シルフィーは冷静な様子で。ミシェルは尻餅《しりもち》をついた状態で頷《うなず》いた。

イリーナやジニーも、無言のまま了承《りょうしょう》の意を顔に出す。

二人とも、大量の脂汗《あぶらあせ》を浮かべていた。

きっと、かつて相対した、あの女を思い出しているのだろう。

狂龍王《きょうりゅうおう》・エルザード。対面に立つ男、アルセラはどこか、奴《やつ》に似た空気を放っている。

そしてその力量もまた、現代に在って規格外といえるものだろう。

奴は我が不死性を見抜《みぬ》き、それでいて余裕《よゆう》を見せている。

即ち、無限の霊体《れいたい》さえも一撃で殺し尽《つ》くすだけの何かを有しているということだ。

「貴様の頑強《がんきょう》性、それだけは認めてやろう。だが……いかに堅《かた》かろうとも、これを前にしては無力よ」

奴の真横、虚空《こくう》にて、闇色《やみいろ》の穴が開く。アルセラはそこへ手を入れて……

一振《ひとふ》りの大剣《たいけん》を取り出した。

なにがしかの生物の、骨を加工したような様相。

それは禍々《まがまが》しいオーラを放っており、こちらの心にビリビリとした圧力をかけてくる。

「これは我が一族の至宝。神祖たる天竜《てんりゆう》の骨を用いて造られたもの。竜骨は魂《たましい》を食らいて、力を高める。ゆえに」

大剣を構えながら、アルセラは宣言した。

「我が一撃、掠《かす》めただけで即死《そくし》と思え」

そして、踏《ふ》み込んでくる。

まさに神速。彼我の間合いは一瞬にして消え去り、俺は瞬《またた》く間《ま》に死圏《しけん》へと入った。

「シィッ！」

裂帛《れっぱく》の気迫《きはく》と共に、竜骨製の大剣が振るわれる。

逆袈裟《けさ》の一撃を、俺は横へ跳《と》んで回避《かいひ》すると同時に、イリーナ達から距離《きょり》をとった。

アルセラはすぐさま地面を蹴《け》り、これまた瞬時に間合いを詰《つ》めてくる。

「シィイイイイィァアアアアアアアアアアアアッ！」

雄叫《おたけ》びと共に、連撃が放たれた。

あまりにも速い。大気を斬《き》り裂《さ》く音が、斬撃《ざんげき》の後に聞こえてくる。

音をも置き去りにしたアルセラの剣技は、まさに規格外の極《きわ》み。およそ古代世界でも通ずるほどの技量であった。

しかし――

「なぜ、だ……!?」

そんな《竜人》の顔に、冷《ひ》や汗《あせ》が浮かぶ。

「なぜ、当たらぬ……!?」

繰《く》り出された剣閃《けんせん》、総計九六七。

それら全《すべ》てを、俺は完全に見切っていた。

その後も続く斬撃のことごとくを平然と躱《かわ》しながら、俺は微笑《びしょう》する。

「貴方《あなた》の選択《せんたく》は正しい。魔法を用いても、私の異能を前にすれば無力。それどころかむしろ、逆手に取られる可能性がある。ゆえに純粋《じゅんすい》な剣技で以《もっ》て仕留める、と。そのように判断したのでしょう？」

アルセラは何も答えない。美貌《びぼう》に苦悶《くもん》の表情を貼《は》り付《つ》けるのみだった。

その顔がゆっくりと、絶望の色に染まっていくのを見つめながら、俺は口を開く。

「確かに、選択は正しかった。しかし……そもそも前提が間違っていたのですよ。剣技のみで相対すれば、私の長所を潰《つぶ》し、打ち勝つことが出来る。その考えがまず以て不正解」

そして俺は、ニッコリと笑いながら、相手方に現実を突《つ》きつけた。

「なぜ、私が剣技に精通していないとお思いになったのか。そこがちょっと理解出来ませんねぇ」

そう、俺は魔法を得手としているが、別に剣技が苦手なわけでもない。

むしろ、古代世界ではオリヴィアに並ぶ最強剣士として名を馳《は》せたぐらいだ。

確かに、アルセラの技量は凄《すさ》まじい。だが、あの時代の頂点に立ったオリヴィアの剣を知る人間からすると、ひよっこも同然である。ゆえに――

「貴方の底は、もはや見えた。この勝負、終わりにいたしましょう」

「くッ……！　舐《な》める、なぁッ！」

怒声《どせい》と共に振るわれた一撃は、あまりにも隙《すき》だらけなものだった。

大振りの縦一閃。それを難なく躱し……

相手方の胸元《むなもと》へ、掌打《しょうだ》を叩《たた》き込《こ》む。

「ぐはッ⁉」

衝撃が胸部を貫《つらぬ》き、気管支をズタズタにする。

アルセラは喀血《かっけつ》し、その場にて倒《たお》れ込んだ。

「す、すごい……！　やっぱりアード君はすごい……！」

「そうかしら？　あれぐらいの相手なら、アタシも余裕で倒せるのだわ」

「………まだまだ、背中は遠いわね」

口々に言葉を放つ三人の少女。その傍《そば》でしゃがみ込むミシェルもまた、驚愕《きょうがく》した様子でこちらを見ていた。

そうした面々の視線や言葉を受けつつ、俺はアルセラを見下ろし、問い尋《たず》ねる。

「《竜人》族は自分達よりも上の存在にしか従わない。ゆえに、他人種の駒《こま》として扱《あつか》われることなど、決してない。……にもかかわらず、貴方はアサイラス連邦《れんぽう》の側に付いている。そこにどういった意図があるのか、お聞かせ願いたい」

妻子のためだとか、その程度の理由ならば問題はない。

だがもしも、此度《こたび》の一件にライザーや《魔族》以外の、大いなる存在が絡《から》んでいるとしたなら……ともすれば、俺が想像する以上の大惨事《だいさんじ》へと発展する可能性がある。

それを確認《かくにん》すべく問うてみたが、アルセラは無言のままこちらを睨むのみだった。

やはり素直《すなお》に答えるわけもないか。

「ならば無理やりにでも――」

と、語る最中のことだった。

「我が主は、貴様等のような人畜生《ちくしょう》にあらず。穢《けが》らわしきオークの王など、主であるわけもない」

奴がこんなことを口にした。その声音は、死を覚悟《かくご》した者特有の気迫があり……

実際、彼は情報漏洩《ろうえい》を避《さ》けるべく、命を投げ捨てたのだろう。

次の瞬間、アルセラの全身が発光し、四方を魔法陣が取り囲んだ。

「竜言語による誓約《せいやく》の魔法か。まぁ、対策して当然だな」

誓約を破れば、即座《そくざ》にその身を消滅《しょうめつ》させる。これは間違いなく、情報漏洩を防ぐための術であろう。誓約の魔法効果により、アルセラは自ら命を断ったのだ。

魔法陣が消えた後、そこには何も残ってはいなかった。知られても問題はないと判断した情報のみを吐《は》いて、奴はそれ以上を知られぬため、自らを犠牲《ぎせい》にしたのである。

……竜《りゅう》言語はこの俺でさえ解析《かいせき》が難しい。ゆえに、自害を阻《はば》むことは出来なかった。

「それにしても、主のために命を投げ打つとは。その凄まじい忠義心は元来、《竜人》族にないものだ」

俺は顎《あご》に手を当て、考え込む。誇《ほこ》り高き《竜人》さえも心酔《しんすい》させるような存在が、敵方についている。これはもう間違いなかろう。

そしてそれは、アサイラスの王、ドレッドではない。

ということは……此度の一件、やはりアサイラスの暴走ではないな。

ライザー、《魔族》、アサイラス連邦、そしてまだ見ぬ黒幕。

それらがどのような思惑《おもわく》のもと、行動を共にしているのか、それは未《いま》だ判然としない。

けれどいずれ、その謎《なぞ》も解けるだろう。

今はただ、目前の状況《じょうきょう》を解決することに集中するしかない。

ジニーは救い出した。ついでに、エラルドの弟も。

だが、これで全てが終わったわけじゃない。むしろ、まだまだ序盤《じょばん》だ。

「ジニーさん。貴方とエラルドさんのご両親は、今、どちらに？」

「前線に設けられた別の砦《とりで》にて、警戒《けいかい》任務にあたっておりますわ」

「では、そちらへ参りましょう。まずは貴方達のご両親と共同し、アサイラスの全軍を撤《てっ》退《たい》させます」

それをとりあえずの目標として打ち立てると、俺は再び転移の魔法を発動した。

心の片隅《かたすみ》にて、アルセラが最後に発した言葉に、何か引っかかりを感じながら——

第七七話　元・《魔王《まおう》》様、高位貴族と顔を合わせる

ラーヴィルとアサイラスの国境沿いには複数の砦が存在する。

我々が飛んだ先は、もっとも堅牢《けんろう》な場所であった。

周辺の地形関係などから、極めて攻《せ》めやすい環境《かんきょう》にあるため、必然、駐屯《ちゅうとん》する兵の数や防衛設備の質は高くなる。

だが……

どうやら敵方は、この砦の防衛能力をなんとも思っていなかったらしい。

あるいは、砦に関する情報収集のためだろうか？

俺達が色々とやっている間に、敵軍の襲撃《しゅうげき》があったようだ。

砦の内部に転移した瞬間《しゅんかん》、我々は傷付いた兵士達を目撃する。

戦《いくさ》を終えたばかりといった姿の彼等は、心を昂《たかぶ》らせており、突如《とつじょ》現れた俺達に鋭《するど》い殺気を向けてきた。

「なんだ、こいつら⁉」

「また敵襲かッ⁉」

オーク兵のときとは違《ちが》い、反応が荒々《あらあら》しい。

とはいえ、彼等の殺気はすぐさま消失する。

「お、おい。あの坊主《ぼうず》……じゃなくて、あの坊《ぼっ》ちゃんは……ミシェル様じゃねぇか？」

「ジニー様もいらっしゃるぞ……⁉」

二人の姿を確認したことで、こちらを味方と判断したらしい。

そうした彼等に、ジニーが堂々とした様子で前へと出て、口を開いた。

「どうやら一仕事終えたようで。皆様《みなさま》、本当にお疲《つか》れさまでした。私達もまた、ついさきほど任務を完了《かんりよう》したところです。アサイラスの野蛮人《やばんじん》達を、街から一掃《いっそう》いたしましたわ」

さも自分の手柄《てがら》のように語るジニー。

本当は俺のおかげであるということを強く主張したかったのだろうが……

彼女は実に聡《さと》く、大人である。

こういうとき、見知らぬ少年の手柄を主張するよりも、見知った貴族が手柄を主張したほうがわかりやすい。

そのわかりやすさが、兵士の士気を向上させるのだ。

「おぉッ！　さすがサルヴァンのご令嬢《れいじょう》ッ！」

「スペンサーのご子息共々、若くして将の器を持っておられるとは！」

「俺達の生活も、安泰《あんたい》ってもんだな！」

ジニーやミシェル、そしてエラルドは兵士達にとって、将来の主人。

その有能性を証明することもまた、士気向上に繋《つな》がる要因となる。

将来有望な主人。そして将来安泰な生まれ故郷。それらを守ろうと、必死になるのだ。

「……ごめんなさい、アード君。手柄を横取りするようなことをして」

「いいえ。気にするようなことはありません。むしろ堂々と胸を張りなさい。貴女の判断は大正解です」

心身共に傷付き、俯《うつむ》いていた兵士達が、今や意気軒昂《いきけんこう》としている。

これならば次、どのような襲撃があっても勇敢《ゆうかん》に戦うことが出来るだろう。

「……さて。ではジニーさん。そしてミシェルさん。貴方達のご両親に、戦勝報告をいたしましょうか」

「ええ、ミシェル様の父君、ジェラルド様。そして……私の母、シャロン。お二方はきっと、兵舎にて軍議の最中かと。そちらへご案内いたしますわ」

ジニーは落ち着いた様子であったが……ミシェルは、ガタガタと震《ふる》えて、冷や汗を掻《か》いていた。

「うぅ……やだなぁ……父上になんか、会いたくないなぁ……」

この反応からして、公爵殿《こうしゃくどの》がどういった人物であるか想像がつく。

ともすれば、ヒリつくような展開がやってくるやもしれん。

そう思い、肩《かた》を竦《すく》めながら、俺は皆と共に歩いた。

そして、ジニーの案内のもと、一際《ひときわ》大きく作られた兵舎の中へ。

すれ違う兵士達から敬礼されつつ進み、会議室と銘《めい》打たれた部屋の前に到着《とうちゃく》した。

どうやらジニーが予想したとおり、室内では侃々諤々《かんかんがくがく》とした軍議が展開されているようだ。

ドアの前から漏《も》れ出て来る声を聞きながら、ジニーはミシェルに目をやって、

「ミシェル様。ノックを」

「えっ。い、いや、でも」

「私は貴方様の御家、スペンサーの家来。それが主人を差し置いて先頭に立つなど、あってはなりません。さぁ、お早く」

「うぅ……！　わ、わかりました……！」

注目されることを極度に嫌《きら》っているのだろうな。その気持ちはなんとなしにわかる。

彼は子犬のようにプルプルと震えながら、ドアをノックして、意を決したように叫《さけ》んだ。

「ジェラルド公の次男！　ミシェル！　報告に参りました！」

すると次の瞬間、室内から漏れていた声がピタリと止まった。

前後して、厳《おごそ》かな声が飛んでくる。

「入ってよし」

腹の底に響《ひび》くような重低音は、おそらくエラルドやミシェルの父、ジェラルドのものだろう。

その声にビクビクと怯《おび》えながら、ミシェルはドアを開け、会議室へ入った。

我々もそれに続く形で、足を踏《ふ》み入れる。

会議室には無駄《むだ》な飾《かざ》り気《け》など皆無《かいむ》。中央に円卓《えんたく》が置かれ、それを囲むように複数の男女が座っている。

軍議を行うためだけの空間といった室内には、やはり独特の緊張感《きんちょうかん》が漂《ただよ》っていた。

それは重大な将来決定の場であるから、というだけでなく……

一人の男が放つ、強烈《きょうれつ》なプレッシャーも要因であろう。

「報告せよ」

短い言葉を放ったあの男が、ジェラルド公か。

なるほど、絵に描《か》いたような、「恐《おそ》ろしい武人」だな。

エラルドやミシェルの生家、スペンサーは、古くから続く武門の一族だ。

ジェラルドの面貌《めんぼう》は、それを象徴《しょうちょう》するようなものだった。

屈強《くっきょう》な強面《こわもて》に、無数の傷痕《きずあと》が刻まれている。それはまさに戦士の面構《つらがま》えである。

あの顔面で睨《にら》まれようものなら、泣き喚《わめ》く子供さえ黙《だま》りこくってしまうだろう。

そんな彼に対し、ミシェルはおどおどしながらも、口を開いた。

「サ、サミュエルにおける鎮圧《ちんあつ》作業！　並びに、占領《せんりょう》された砦の奪還《だっかん》！　両任務を今し方、完了いたしました！」

この報告に、円卓を囲む者達が僅《わず》かながら表情を緩《ゆる》めた。

「なんと……！　まだ出陣《しゅつじん》してより一〇日と経《た》っておらぬというのに……！」

「スペンサーの子息は、こうでなければならぬ」

「サルヴァンのご令嬢もなかなかの器量を有しておられるようですな」

一人の老将が、ある女の顔を見る。

それはジェラルドの隣《となり》に座った、美しきサキュバスであった。

桃色《ももいろ》の髪《かみ》と、垂れ目気味な瞳《ひとみ》。穏《おだ》やかな風貌《ふうぼう》。

そうした特徴《とくちょう》は、ジニーと一致《いっち》する。

彼女は間違いなく、ジニーの母君であろう。

そんな彼女は娘《むすめ》に微笑《ほほえ》むのみで、一言も発することはなかった。現場の空気や、自らの立場などを考えたうえでの判断であろうな。

……その横で、ジェラルドは戦勝報告に対し、ニコリともしなかった。

厳《いか》めしい顔でミシェルを見据《みす》えながら、やはり短い言葉を放つ。

「詳細《しょうさい》を述べよ」

ここで、ミシェルの貴族としての手腕《しゅわん》が試される。

現在に至るまでの内容を馬鹿《ばか》正直に話そうものなら、三流以下だ。

ここは事実を歪曲《わいきょく》し、あくまでも自分や兄の手柄であると主張したうえで、さりげなくジニーの手柄もアピールしておく。

それが正解……だったのだが。

「あ、兄上様と、ジ、ジニーさんは、立派に戦われました！　し、しかし、《竜人《りゅうじん》》種の乱入により、私とジニーさんは囚《とら》われの身となり――」

どうやらこの坊やは、貴族としての才覚がこれっぽっちもなかったようだ。

ありのままの事実を、歪曲することなく口にした。

それが大失敗であることは、貴族の子供であるイリーナやジニーは当然のこと、あのシルフィーでさえ理解している。

皆一様に、「あちゃ～。やっちゃったよ、この子」みたいな反応だった。

そして。

そんな報告を聞かされた面々もまた、苦渋《くじゅう》を顔に浮《う》かべている。

「そ、そして、アード・メテオールさんのご活躍《かつやく》により、全《すべ》ては──」

「ミシェル」

報告の最中、ジェラルドが額に青筋を浮かべ、息子の名を呼んだ。

ただでさえ恐ろしい風貌の男が、怒気《どき》を放っているのだ。

それはもう、ミシェルにとっては、石化してしまうほどの恐怖《きょうふ》であろう。

そしてジェラルドは、静かに、それでいて確かな怒り《いか》を感じさせる声で、言った。

「出て行け」

拒絶《きょぜつ》を許さぬ調子で放たれた命令に、ミシェルは「ひゃいっ！」と叫びながら、逃《に》げるように部屋から出て行った。

その後、ジェラルドは俺の方を見て、

「息子が、世話になったな。ミシェルと、そして……エラルド。貴様は当家と、ある程度の縁《えん》を持っているらしい」

その言葉は感謝の念から来るもの、ではない。

むしろ逆。

こちらのことを、心底から不快に思っていると、そういわんばかりの目つきであった。

どうやらこの男、典型的な「お貴族様」であるらしい。

平民を見下し、徹頭徹尾《てっとうてつび》、同じ人間として捉《とら》えてはいない。

そして、自分の価値観を絶対のものと信じている。

……この手の類《たぐ》いは、相手にするのが実に面倒《めんどう》である。

適当に受け流すのが得策か。

「私のような卑《いや》しき平民が、公爵《こうしゃく》家との縁など、とてもとても……」

畏《おそ》れ敬《うやま》う調子で口にしたが、それはそれで腹立たしかったのか、ジェラルドは怒気を強めた。

あぁ、やっぱりめんどくさいな。こういうタイプの人間は、何を言っても怒《おこ》るのだ。

だからもう、本当なら関わり合いになりたくない。

しかし現状、そういった選択《せんたく》は出来ぬ。

おそらくこの戦《いくさ》、俺が加わらねば早期収束は望めまい。

ゆえにこの場では、後の面倒ごとを覚悟《かくご》して振《ふ》る舞《ま》おう。

「畏れながら、ジェラルド様。今は非常事態にございます。少なくとも、平民如《ごと》きにかまけていられるような状況《じょうきょう》ではありません。よってすぐさま、軍議の続きを。そして、我々もそこに同席させていただきたく存じます」

少々、あけすけな物言いであったことは自覚している。

ジェラルドを始め、場に座る者達のおおよそが、不快感を示していた。

平民の分際で生意気な。そんな考えが面に出ている。

さて、この貴族主義者共をどのように納得《なっとく》させるかな。

そう考えた、矢先のことだった。

「そいつらも軍議に加えてやれ」

ドアが開けられ、そして、一人の少年が入室する。

エラルドであった。

彼は一瞬《いっしゅん》、ジニーと目を合わせたことで、バツの悪そうな顔をする。

ジニーもまた、複雑な表情で俯いた。

そうした彼女から目を逸《そ》らし、どこか淀《よど》んだ空気を放つエラルド。

その気分を別方向に逸らすため、俺は問いを投げた。

「随分《ずいぶん》とお早いご到着ではありませんか。貴方と別れてより、まだ一時間と経《た》ってはおりませんのに」

「そりゃアレだ。オメーが見せた転移の魔法《まほう》な。その術式をコピーして、オレでも使えるようにアレンジしたんだよ」

「……ほう」

かつて皆は、エラルドのことを神童と呼んでいた。

当時は現代の常識を知らなかったがため、俺は彼のことを無能と判断していたのだが……常識を備えた今、評価は真逆となっている。

古代の連中に比べれば劣《おと》るとはいえ、現代生まれとしては、まさに神童と呼ぶに相応《ふさわ》しい。術式のコピーにアレンジ。いずれも現代生まれが易々《やすやす》と出来る代物《しろもの》ではない。

「まぁ、オリジナルに比べると微妙《びみょう》だけどな。目的地に到着《とうちゃく》するまで、何度も中継《ちゅうけい》を挟《はさ》まにゃなんねぇし」

「それでも素晴《すば》らしい技量にございます。さすがと言うべきでしょうか」

「よせやい。オメーの褒《ほ》め言葉は皮肉と表裏《ひょうり》一体だっての」

肩を竦《すく》めてみせるエラルド。

どうやら淀んだ気分は消えたようだな。

彼は改めて、父・ジェラルドに向き合うと、

「親父《おやじ》も知っての通り、アード・メテオールは大魔《だいま》導士《どうし》の息子だ。んで、ここにいるエル

フは、イリーナ・リッツ・ド・オールハイド。英雄男爵《えいゆうだんしゃく》の娘だ。で、こっちの紅髪《あかがみ》は……」

シルフィーは「むふんっ」と、なぜだか得意げな顔となって胸を張る。

だが、エラルドは額に脂汗《あぶらあせ》を浮かべて、

「え～～～っと…………誰《だれ》？」

「だわっ⁉」

この言葉に、シルフィーがずっこけた。

まぁ、致《いた》し方《かた》あるまい。この場にて、現代での肩書《かたが》きを持たぬ、唯一《ゆいいつ》の存在だからな。

《激動の勇者》その人であると言ったところで、誰も信じはすまい。

シルフィーもこれまでの経験から、そのように判断したらしい。

「なんだか最近、アタシだけ扱《あつか》いが酷《ひど》いような気がするのだわ……」

ふて腐《くさ》れた様子で、唇《くちびる》を尖《とが》らせるのみだった。

「とにかく。アードとイリーナを軍議に加えれば、二人の両親による加勢も期待出来るってことだ。オメー等も、かの大英雄《えいゆう》の力は知ってんだろ？」

強面な大人達に臆《おく》することなく、むしろ睨みを利《き》かせながら言葉を紡《つむ》ぐ。

その堂々とした振る舞いは、公爵家長男として相応しいものだった。

彼の父、ジェラルドもまた、同意見だったのか。

不満を抱《かか》えつつも、納得はしたらしい。

「……全員、座れ」

そして、軍議が再開される。

まず口を開いたのは、エラルドであった。

「どうやらオレ達がサミュエルに行ってる間、襲撃《しゅうげき》があったみてぇだが。軍の現状はどうなってんだ？」

この問いかけに、参加している将の全てが沈黙《ちんもく》した。

重苦しい空気を纏《まと》う彼等に変わり、ジニーの母……シャロンが答えを紡ぎ出す。

「先ほどの一戦、どうにか撃退《げきたい》は叶《かな》いましたが、結果として多くの兵を失いました。将官の戦死者は皆無《かいむ》ですが、しかし」

「歩兵の多くをやられたってわけか。チッ、最悪だな」

ゆえに現状、この砦《とりで》がもっとも手薄《てうす》となっているようだ。

そう、最大の守りを固めねばならぬこの地が今、一番危《あや》うい状況となっている。

ならば当然、真っ先に考えるのは――

「他の砦から、人を集めた方がいいんじゃないの？」

イリーナが言う通り、人をかき集めるというのが一番手っ取り早い。

だが、それは難しかろう。

「アサイラスの兵はまず、物量的に優《すぐ》れていると聞きます。そのうえ精強であるとか。よって全ての砦に対し、波状攻撃《こうげき》を仕掛《しか》けることが出来る。となれば」

「あ〜、そっか。じゃあ人を集めるのはダメね。ここを守ることが出来ても、他の砦が落ちちゃうし……」

そうだ。人を集めれば必然、この場以外の要所が手薄となる。

守るべきはこの砦だけではない。国境より先に侵入《しんにゅう》させぬことが、最重要ミッションとなる。そのため、他の場所から人員をかき集めるといった手段は不可能。

それならば――

「周辺の貴族達に助力を願い出ればいいのだわ」

シルフィーの発言も、一つの正解ではある。

けれども、そのような考えは当然、この場に座る誰もが脳裏《のうり》に浮かべ、そして不可能と判断した内容であろう。

それを証明するように、エラルドがため息を吐《つ》いた。

「貴族ってのは実にアホらしい連中でな。嫉妬《しっと》心も強けりゃ、プライドも高い。それらが連鎖《れんさ》しまくった結果……ウチの家はまぁ〜、クッソ面倒なことになってんのさ」

エラルドは言う。彼等の血族はこの国が生誕して以来続く、公爵家の一族であると。長年の歴史を有し、国家繁栄《はんえい》にもっとも尽力《じんりょく》したという自負があると。

だが、それゆえに。

スペンサーは代々、他の貴族達に高圧的な態度を取り続けてきた。

「さっきも言った通り、貴族ってのはプライドの塊《かたまり》みてぇなところがある。だからな、上位者を素直《すなお》に敬《うやま》うなんて考えはこれっぽっちもねぇ。心に在るのは、上の立場に居る連中への嫉妬心と、下克上《げこくじょう》の意思だけだ」

頭のいい家であれば、そうした連中を手練手管を尽《つ》くして籠絡《ろうらく》し、自勢力として取り込むもの。だが、よく言えば誇《ほこ》り高い武門、悪く言えば脳筋馬鹿《ばか》の集まりであるスペンサーは、それを潔《いさぎよ》しとしなかった。

むしろ小賢《こざか》しいと一蹴《いっしゅう》し、絶対強者としての高圧的な態度による支配のみを行ってきたという。

そしてエラルドは頬杖《ほおづえ》をつき、ため息を漏《も》らしながら言った。

「ウチは代々、外交がヘッタクソだ。そのせいで周辺貴族にゃ敵しかいねぇ。そいつらに兵を寄越《よこ》せなんて言っても、アレコレ言い訳して応じるわけがねぇ。……はぁ。人望も友情もねぇから、こういうときにピンチになる。この状況はオレとあんた、両方の責任だぜ親父。今後はもうちょっと、友達作る努力をした方がいいんじゃねぇの」

批難《ひなん》めいた視線に、ジェラルドは「ふん」と鼻息を鳴らして一蹴する。

「賢《さか》しさなど不要。我等は常に、武力で以《もっ》て道を切り拓《ひら》いてきた。それは今後も変わらん」

「今後があればの話だがな。……シャロン卿《きょう》。敵の第二波はいつ来るのか、予想は立ってんの？」

エラルドの問いに、シャロンは苦々しい顔で頷《うなず》いた。

「内偵《ないてい》による情報が正しければ……およそ一〇日後、けっこうな数を集めて、一気にこの砦を突破《とっぱ》すると、そのような戦略が立てられているとのことです」

風の噂《うわさ》であるが、シャロンやジニーの家、サルヴァンは代々、諜報《ちょうほう》活動を得意としているという。

サキュバスという種族が有する特性の一つ、魅了《チャーム》。これを用いることで対象を骨抜《ほねぬ》きにして、情報を引き出す。

どのような拷問《ごうもん》にも屈《くっ》しない戦士であろうと、彼女等の特性にかかれば、すぐさま奴隷《どれい》も同然になってしまうのだとか。

そのため、もたらされた情報には信憑性《しんぴょうせい》が高い。

「……なるほど。つまり状況をまとめると、こんなところか？　一〇日以内に敵の大軍が攻《せ》めてくる。それに対し、こっちは最低限の頭数も揃《そろ》えらんねぇ。寡兵《かへい》で精強極《きわ》まりないアサイラスの軍勢を相手取らにゃならん、と」

ハッキリ言って、絶望的な状況である。敗北は濃厚《のうこう》であろう。

だからこそ皆《みな》、さっきから俺やイリーナにちょくちょく視線を送ってくるのだ。

口にはしないが、多くの者がこう思っている。

我々の親、即《すなわ》ち、大英雄の助力さえあれば、と。

何せ彼等は、弱体化していたとはいえ、復活した《邪神《じゃしん》》をも打倒《だとう》するほどの存在だ。

その力量はまさに一騎当千《いっきとうせん》。彼等が加われば、勝ち筋も見えてくる。

しかし……

「我が父母、そして英雄男爵殿《えいゆうだんしゃくどの》が戦列に加わることはありません。このアード・メテオールが、此度《こたび》の戦《いくさ》を勝利に導きましょう」

この宣言に、イリーナやジニー、シルフィーとエラルドの四名は「まぁ、そうなるだろうな」という確信を抱《いだ》いた様子で頷いた。

だが、俺の力を噂程度にしか知らぬ者達は懐疑《かいぎ》的な目を向けてくる。

特に、ジェラルドは忌々《いまいま》しげにこちらを睨《にら》み、

「大言壮語《たいげんそうご》を吐くな、小僧《こぞう》。貴様などに何が出来るというのだ」

「先刻申し上げた通り……勝利の栄光を、皆様に」

ジェラルドの眉間《みけん》に寄った皺《しわ》が、ますます深いものとなる。

だがとりあえず、こちらの手腕《しゅわん》を見ようという考えにはなったらしい。

沈黙し、先を促《うなが》すように見据《みす》えてくるジェラルド。俺は彼を始め、全員の顔を見回しながら問い尋《たず》ねた。

「兵を失ってより、どれほどの時が経《た》ちましたか？」

答えを送ってきたのは、シャロンであった。

「およそ、三日は過ぎているかと」

ふむ。ならば、失った兵士を蘇生《そせい》させて戦力補給というわけにはいかんか。

三日経てば霊体《れいたい》は冥府《めいふ》へと移り、死者の蘇生は永遠に不可能となる。

もっとも、これは想定の範疇《はんちゅう》。

頭数などなくとも、戦に勝利することは出来る。

まずは陣地《じんち》の設営だな。

おあつらえむきに、円卓《えんたく》のうえには国境周辺の地図が広げられていた。

俺は魔法によって長めの指揮棒を作り出すと、それで地図の一点を突《つ》き、

「相手方はこちらの現状を知り、大軍で以て攻め潰《つぶ》して来る……といった結論は、あまり

にも短慮《たんりよ》が過ぎます。相手方は間抜《まぬ》けな脳筋集団ではない。戦上手のアサイラス。であれば、姑息《こそく》な策を用いてくる可能性が高いとみるべきでしょう」

この言葉に、老将の一人が口を開いた。

「姑息な策？　あの蛮族《ばんぞく》共が、賢しい戦術を用いると？」

懐疑的な目線に、俺は肩を竦めた。

「多くの国々が、アサイラスを蛮族国家と呼ぶ。そのように侮蔑《ぶべつ》することは別段、問題ではありませんが、しかし……相手方を侮《あなど》るというのは、いかがなものかと」

アサイラスは野蛮人の集まりで、敵勢力を陵辱《りようじよく》することのみを楽しみに生きているような連中だ。それは間違《まちが》いない。

だが、その歴史を繙《ひもと》いてみると……

ただ野蛮な、愚者《ぐしや》の集団ではないことが理解出来るはずだ。

「数年前、現在の国主たるドレッド・ベン・ハーが国を統一するまで、アサイラスは常に内戦を繰《く》り返していました。そう、アサイラスの歴史は戦の歴史。ゆえに、我々よりも圧《あつ》倒《とう》的に経験豊富です」

そして、俺は断言する。

「彼等はこと戦において、我々よりも遥《はる》か上を行く。まずはそれを認めるところから始めましょう。そうした認識《にんしき》がなかったがために、我々はこうした窮地《きゅうち》に陥《おちい》っているのです」

この言葉に、老将は沈黙した。

俺は脱線《だっせん》した話を元に戻《もど》す。

「我々の現在地が、ここ。そして、敵軍が陣営《じんえい》を張っている場所は……おそらく、ここではありませんか？」

シャロンへ問うてみると、首肯《しゅこう》が帰ってきた。

「ならば間違いなく、私の言った通りになります。彼等は我々の思考をコントロールすべく、あえてこの場所に陣営を作ったのでしょう。即ち、なんの小細工もせず、まっすぐに突進《とっしん》し、パワープレイで以てゲーム《戦》を終わらせる、と。こちらにそのような考えを抱かせるような場所だ。ここは」

起伏《きふく》もなく、完全に穏《おだ》やかな平野。ここから我々の砦へ向かうルートは、常識的に考えれば一本しかない。

即ち、真《ま》っ直《す》ぐに突っ込《こ》んで攻め滅《ほろ》ぼす、と。そのように宣言するような設営地点となっている。

「それに対し、我々はどう動くべきか。そこが肝要《かんよう》でありますが……ここはあえて、悪手を打とうと思います」

俺の考えを理解出来ている人間は、今のところ一人もいない。

イリーナ達でさえ、困惑《こんわく》したような顔をしている。

そんな彼等を前にして、俺は指揮棒である場所を指した。

「まず、この場に急行し、陣営《じんえい》を築きます。ここはアサイラス軍が確実に通る場所であり、こちらにとってはもっとも攻めやすい」

砦前の地形は、丘陵地帯《きゅうりょうちたい》となっている。起伏が激しく、それゆえに要所も多い。

戦場における要所とは即ち、高い場所を指す。そうした場より相手を見下ろし、魔法など打ち下ろしていけば、容易に相手方を壊滅《かいめつ》出来よう。

また、高い場所に陣取れば必然、敵軍の動向を全《すべ》て把握《はあく》出来る。

「相手方よりも先に要所の全てを押さえておけば、地の利は我々が握《にぎ》ったも同然。先の襲撃《しゅうげき》で情報を把握されたであろう砦《とりで》に籠城《ろうじょう》するよりも、こちらのほうがずっと勝算が高い」

こうした説明に、将官の一人が首を傾《かし》げながら問うてきた。

「これのどこが悪手なのだ？　至極《しごく》まっとうな方針に思えるが」

俺は首を横に振《ふ》りながら、こう答えた。

「確かに至極まっとう。我々に勝ち筋があるとしたなら、丘陵地帯に陣取り、要所を全て押さえること。それしかありません。そして……当然、それは相手方とて読み切っている」

俺の発言に、ここでジニーが声を出した。

「なるほど。そういうことですか」

彼女だけでなく、エラルドとシルフィーもまた、俺のいわんとすることを理解したらしい。それはジェラルドを始めとした将官達も同様である。

半面、戦ごとの機微《きび》に疎《うと》いイリーナは、まだ何もわかっていないようだった。

そんな彼女に説明するつもりで、俺は口を開いた。

「私が推測した、相手方の策。その詳細《しょうさい》を解説いたしましょう。まず、アサイラスはさまざまな布石を打ち、我々の発想力を狭《せば》めたのです。即ち、この丘陵地帯に陣取らねば、戦の勝利はない。そのような考えしか出ないような状況《じょうきょう》へと追い込んだ」

地図の一部を指揮棒で突きながら、俺は続きを語る。

「実際、アサイラスはある程度の軍勢を丘陵地帯へと向かわせるでしょう。しかし、それはあくまでも囮《おとり》。本命は……この山間部を通り、迂回《うかい》してやってくる。兵の全てが出陣し、無人となった砦を占領《せんりょう》するために、ね」

この解説により、イリーナもまた納得《なっとく》した様子で頷いたが……

一方で、他の面々は新たな疑問を抱いたようだ。

「この山間部は実に険しい地形だ。軍勢を連れて突破出来るものか？」

「我々の常識で考えれば、ありえないルートでしょう。しかし、彼等にとっては違う。屈強《くっきょう》なオークのみで編成した軍団であれば、突破は可能と考えているに違いありません。オーク種は体力が高く、極めて頑強《がんきょう》です。山間部の厳しい環境《かんきょう》も難なく乗《の》り越《こ》えるかと」

これぐらいはまぁ、言わずもがなといった内容だが。

次にジェラルドが口にした問いは、まさに核心《かくしん》を突くようなものだった。

「……それで、アード・メテオールよ。貴様が述べた内容が正しかったとして、我々はどうするのだ？　現在、まともに戦える兵の数は極めて少数。丘陵地帯と山間部、両方へ向かわせた場合……いずれの戦場でも、敗北を喫《きっ》するであろう」

そう、ここで頭数の問題が再浮上《ふじょう》する。

軍を二つに分けて、別々に派遣《はけん》したなら、ジェラルドの言う通り敗北するだろう。ただでさえ寡兵である。それをさらに半分にするとなれば、いかなる戦術を以てしても勝利はありえない。そのため、派遣出来る場所は一カ所に限る。だがそうなると、二カ所のうち一つで勝利を収めることが出来る半面、別の場所からの侵入《しんにゅう》を許してしまう。

「現状が八方塞《はっぽうふさ》がりであることには、未《いま》だ何も変わらぬ。これをいかに打破するのだ？」

試すような目を向けてくるジェラルドに、俺は悠然《ゆうぜん》と微笑《ほほえ》んで見せた。

「軍を二つに分けるようなことはいたしません。先ほども申し上げた通り、まずは丘陵地帯に陣営を設置いたします。そうした情報を……こちらの内部に居るであろう密偵《みってい》に、あえて持ち帰らせましょう。我々が相手方の策に嵌《は》まったと、そのように思わせるために、ね。それから兵を一つに纏《まと》め、全軍を山間部へと移動させる」

「……そうなると、丘陵地帯に向かう敵軍はどうするのだ？」

「そこに関しては、なんら問題はありません」

俺は胸を張りながら、堂々と宣言した。

「このアード・メテオールが単騎《たんき》にて、敵軍を撃滅《げきめつ》いたします」

◇◆◇

逼迫《ひっぱく》した事態でこそ、落ち着く時間が必要である。そのことはジェラルドとて理解していたようで、まずことを始める前に、全員へ休息を取るよう命令した。

我々にも宿舎の一室があてがわれ、今宵《こよい》は他の兵士達と同様、しっかりとした食事と睡《すい》眠《みん》を摂《と》って休むことになった。

さて。

食事などを済ませた後、俺は別室へと移動する。

エラルドの自室だ。戦前に少々、話しておきたいことがあった。

ゆえに彼にあてがわれた部屋を前にして、ドアをノックする。と——

「おぉ〜〜〜ん」

返事にしては妙《みょう》な唸《うな》り声だが、まぁいい。俺はドアノブを回し、彼の部屋へと入った。

その瞬間《しゅんかん》——

「気持ちいいですか、ご主人様」

「さ、最高だぜ、リリスたん！　そこ！　そこをもっと踏《ふ》んでくれ！」

ベッドの上で。

傍仕《そばづか》えの麗《うるわ》しい少女メイドに、背中を踏ませるエラルドの姿を確認した。

「お、おぉ〜〜ん……………あっ」

どうやら、彼はこちらに気がついたらしい。

俺はニッコリ微笑んで、

「ごゆるりと」

ドアを閉めようとしたのだが、

「待て待て待てッ！　オメー誤解してんだろッ⁉　オレがメイドに踏まれてよがってる変

態だって、そういうふうに誤解してんだろッ⁉」

「事実では？」

「いや、ちげぇ～から！　マッサージ！　コレただのマッサージだから！」

「……性的な意味での？」

「普通《ふつう》のマッサージだわッ！　リリスたんに性的なことなんぞやらせっかよッ！」

ぜぇぜぇと息を切らせるエラルド。

その背中を依然《いぜん》として踏みつけながら、リリスという名のメイドが口を開いた。

「エラルド様の、おっしゃる通りです。これはただのマッサージです」

「うん！　そうだね、リリスたん！」

「でも……エラルド様はマゾ豚《ぶた》なので、性的な快感も覚えておられるようです」

「リリスたん⁉　なに言ってくれちゃってんの、マジで⁉」

慌《あわ》てふためくエラルドの姿を、リリスは無表情のまま見つめ続けている。

その顔は実に無機質だが……どこか、愉悦《ゆえつ》に満ちているような気がした。

そうした二人のやり取りに、俺はため息を吐《つ》いて。

「短期間で驚《おどろ》くほど痩《や》せられて、口調も元に戻られたようですが……本質的なところは変わっておられないようですねぇ」

見た目こそ、居丈高《いたけだか》だった頃《ころ》のエラルドだ。しかし、その中身は小太りだった頃と変わりがない。きっとその性根こそが、彼の本質なのだろうな。

なんというか、出鼻《でばな》を挫《くじ》かれたような感じではあるが、そろそろ本題へ移ろう。

「真面目《まじめ》な話をしにきたのですが。よろしいでしょうか？」

「お、おう！　なんでも来い！」

エラルドは自分の背中を踏みつけるリリスを退かせて、こちらに向き合うと、

「んで？　話ってのはなんだ？」

「時間もないことですし、単刀直入に参りましょう。エラルドさん、貴方《あなた》にはぜひとも早急《さっきゅう》に、ジニーさんと和解していただきたい」

この言葉に、エラルドの表情が固まった。

「そ、それは、なんちゅ～か……タイミングが、ないっちゅ～か……」

「タイミングの問題ではないでしょう？　貴方がジニーさんに向き合うか否《いな》か。そこが問題だ」

かつて、学園祭で彼と再会したときのことを思い出す。

あのとき、エラルドはこう語っていた。

いつかジニーに謝《あやま》りたい。でも、彼女と向き合うのが怖《こわ》い、と。

家族……おそらくは父ジェラルドへの恐怖《きょうふ》、彼が与《あた》えてくる重圧。それらを紛《まぎ》らわせるため、エラルドは家来も同然のジニーをいじめるようになった。

しかし、俺との出会いがきっかけとなり、エラルドは精神的な変化を遂《と》げたという。

だが、そうだからこそ……自分がジニーにしてきた行いに、これまで以上の罪悪感を覚えるようになったのだと、彼はそう語っていた。

「私と交戦した後、貴方は不登校になった。当初は私を恐《おそ》れてのことかと、そう考えていましたが……実際は違う。貴方が学園に来なくなったのは、ジニーさんに気を遣《つか》ってのこと。そうでしょう？　エラルドさん」

俺の問いかけに、彼は口をもごつかせながら頷《うなず》いた。

「……そうだ。オレとオメー等は、同じクラス、だからな。学園に行きゃあ、毎日顔を合わせることになる。……あいつはオレの顔なんざ、一瞬も見たくねぇだろうし、だったら一年ぐらい留年しようって、そう思ってんだよ」

そんな考えに、俺は首を横に振った。

「いけません。そのようなことは許しませんよ、エラルドさん。貴方には近い将来……いや、もっと具体的に言いましょう。この一件が終わるまでに、ジニーさんと和解していただく。そして……学園に、来てください」

ジッと見つめるこちらに、エラルドは怪訝《けげん》な顔で問うてきた。

「な、なんで、そこまで圧をかけてくるんだよ。別に、今のままでもいいだろ。ジニーも幸せそうだし。オレなんかにかまうこたぁ――」

「オレなんか、などと言わないでください。今の貴方は私にとって、唯一《ゆいいつ》の男友達になれる相手、なのですから」

この言い様に、エラルドは目を剝《む》いた。

そんな彼に、俺は滔々《とうとう》と、少しだけ熱っぽく、言葉を紡《つむ》ぐ。

「メガトリウムでの一件で、貴方は私を、友達になれるかもしれない相手だと。そのように言ってくれましたね。……それは私にとって、決定的な救いになったのです。貴方の言葉は私に、イリーナさんと初めて出会ったときと同じか、それ以上の衝撃《しょうげき》をもたらした」

人は異物を恐れる。

自分よりも圧倒《あっとう》的な強者を恐れる。

ゆえに、一度畏怖《いふ》されたなら、その相手とは友情関係を結べない。

事前に友情があったとしたなら、畏怖された瞬間、それは壊《こわ》れてしまう。

……そんな考えが、勘違《かんちが》いであると、エラルドが教えてくれた。

彼は俺の力を受け、一度畏怖しながらも。

それでも、俺と自分は、どこか似ていると言った。

だからこそ、友達になれるんじゃないかと、そう言った。

エラルドにとっては何気ない言葉だったのかもしれない。

だが、俺にとってその言葉は、目が覚めるような内容だったのだ。

「エラルドさん。私は貴方と友達になりたい。共に学園で学び、行事を楽しみ、笑い合いたい。……出来ればそこに、ジニーさんを加えて、ね」

エラルドにとっても、それは望む未来であったのだろう。

しかし。

彼は酷《ひど》く落ち込んだ様子で、首を横に振《ふ》った。

「……難しいぜ。今さらどのツラ下げて、アイツに向き合えばいいのか」

しょげかえったエラルドを見つめながら、俺は口を開いた。

「そのツラでよろしい。ジニーさんは狭量《きょうりょう》な方ではありません。貴方の謝罪を受け入れ、赦《ゆる》すだけの器量を持っておられます。貴方はただ、彼女に面と向かって謝るだけでいいのです。それだけで、全《すべ》てが丸く収まる」

俺の発言に、エラルドは何も答えなかった。

しばし沈黙《ちんもく》を保ち、そして。

「……ちょっと、時間をくれ」

未《いま》だウジウジと、悩《なや》み続けている様子ではあったが。

少しだけ、前向きな色が見えたように思えた。

「我々の友情は、貴方が過去に対する決着を付けた瞬間に訪れるもの。……そのときを、私は楽しみにしていますよ」

それだけ告げると、俺は彼の部屋から出て行った。

そして自室に戻《もど》る道すがら、嘆息《たんそく》する。

戦《いくさ》での勝利よりも、人間関係のもつれを直す方がずっと難しい。

俺は心の底から、そう思うのだった。

第七八話　元・《魔王《まおう》》様、軍勢相手に無双《むそう》する

おおよその事柄《ことがら》が、このアード・メテオールの思惑《おもわく》通りに進んでいった。

休息を取った後、我が友軍は目的地である丘陵地帯《きゅうりょうちたい》へと進軍。

丸二日かけて目的地に到達《とうたつ》後、陣地《じんち》を設営した。

要所を全て押さえ、万全《ばんぜん》の備えであることをアピールするような様相である。

そして今。

燦々《さんさん》と降り注ぐ陽光を浴びながら、俺はデコボコした地形の中でも比較的《ひかくてき》なだらかな場所に腰《こし》を下ろし、遠望の魔法を用いた。

顕現《けんげん》した法陣が瞬く間《またたくま》に大鏡へと変わる。

我が眼前に召喚《しょうかん》したそれは、次の瞬間、敵方の軍勢を映し出した。

「ふむ。数は八〇〇〇あたりか。消耗《しょうもう》しきった我が方を潰《つぶ》すには十分過ぎる数だな」

俺は敵軍を観察し、その詳細《しょうさい》を把握《はあく》していく。

「人種はヒューマンが中心か。やはりこの軍勢は囮《おとり》とみるべきだな」

とはいえ、練度は高かろう。あわよくば本命よりも先に砦《とりで》を占拠《せんきょ》してやる、と、そういった気概《きがい》を感じる。

「さて。彼等がここへ到達するまであとしばらく。その間、将官の会話でも盗《ぬす》み聞いて、無聊《ぶりょう》の慰《なぐさ》めとしようか」

遠望の魔法が拾った、指揮官と思《おぼ》しき男とその配下による会話を耳にする。

「それにしても、やはり大隊長殿《どの》の戦術眼は異常ですな」

「はは。そんなことはないさ。ただ相手方の頭が悪かった。そして運も悪かった。それだけのことだよ」

周囲の面々が、野盗と見まがうほど荒々《あらあら》しい風貌《ふうぼう》であるのに対して、指揮官の男はこざっぱりとした容姿であった。

俺はそんな彼と部下達の会話に、耳を傾《かたむ》ける。

「それにしてもまさか、なんの工夫《くふう》もなしに、こちらの思惑通りに動くだなんてね」

「はは。大隊長殿がそのように仕組んだのでしょう？」

「それはそうだけどね。でも……かの大英雄《えいゆう》を呼び出さないだなんて、それはちょっと予想外だったよ」

大隊長と呼ばれる男が述べた通り、俺やイリーナの親達は、此度《こたび》の一戦に参加していない。それが彼にとっては、不満だったようだ。

「はぁ。せっかく、大手柄《てがら》を立てられると思ってたんだけどな。今の我々なら、かの大英雄の首だって取れるのに」

ほう？　それはちょっと、予想外の考えだな。

相手方とて、我々の親が参戦することは想定に入れていただろうと、そう思ってはいた。

だが、勝利の確信を抱《いだ》いているというのは、あまりにも意外である。

俺はてっきり、彼等は囮としての役割を全うすることだけを考えているものと、そう思っていた。

即《すなわ》ち、大英雄を消耗させ、後の砦奪還戦《とりでだっかんせん》において命を落とすような状態へ追い込む、と。

自分達はあくまでも捨て石である、と。

だがこの大隊長とやらは、復活した《邪神《じゃしん》》を葬《ほうむ》った英雄《えいゆう》を相手に、勝つつもりでいたらしい。

その根拠《こんきょ》は——

「陛下が与えてくださった、この武具。これさえあれば、我々は何者にも負けることはない」

彼等が身に着けている、武具。

……なるほど、確かに強力な魔装具《まそうぐ》ではある。

まるでこちらの手を読んだかのように、転移の魔法を封《ふう》じる力を有しているようだ。

こうなってくると、別の場所に軍勢を強制転移させるといった、あっけない瞬殺劇《しゅんさつげき》を演ずることは不可能になる。

また、彼等が装備している鎧《よろい》にはそれだけでなく、高い魔法防御力《ぼうぎょりょく》も備わっているようだ。剣《けん》や槍《やり》、弓などについても、威力《いりょく》を向上させる仕掛《しかけ》が盛りだくさんとなっている。

それらは古代の武具を知る俺からしてみれば、さして大したことのないものだったが
……しかし、妙《みょう》ではある。

確かに、古代のそれに比べればたいしたものじゃない。だが、現代の水準と比較《ひかく》したなら、あまりにも異常な性能であった。

あんなもの、いったい誰《だれ》が製作したのだ？

陛下が与えてくださったと大隊長は述べたが、まさかまさか、あのドレッド・ベン・ハーが作ったものではあるまい。奴《やつ》はどう考えても技術者という性質の人間ではなかった。

……心当たりがあるとしたなら、ヴェーダであろうか。

奴ならば、あの程度の魔装具は難なく作るだろう。

だが、奴の手製にしては遊び心がなさ過ぎる。無駄《むだ》に凝《こ》ったデザイン性だとか、馬鹿《ばか》み

たいな隠《かく》し機能だとか、そんなものが付いてない時点で、奴が作ったものとは思えない。

となると……おそらく、《ラーズ・アル・グール》が絡《から》んでいるのだろうな。

ライザー、《魔族》、そしてアサイラス。この三者が手を組んでいる可能性が、これでより濃厚《のうこう》となったわけだ。

そして……敵軍の戦略が、俺の想定通りであるということも。

「大英雄がいないとなると……手の込んだ策を実行する意味もなかったな」

「まぁ、いいんじゃないですか？　別働隊の連中よりも、きっとオレ等の方が早く砦に辿《たど》り着くだろうし」

「そうそう。手柄は全部俺等のもんだぜ」

「……その手柄も、ちょっと物足りないんだよなぁ」

「はは。さすが大隊長殿。見た目に似合わず、欲張《よくば》りだぜ」

「公爵《こうしゃく》の首と複数の砦。そして国土侵略《しんりゃく》の一番槍《いちばんやり》。これでもまだ不足ってんだからなぁ」

「別に欲張りじゃないさ。今回はいつになく頭を使ったからね。その割には、得るものが少ないと言わざるを得ないよ」

盛大なため息を吐《つ》く大隊長。

「密偵《みってい》のコントロールに、相手方の心理掌握《しょうあく》。そして、最後の仕上げとなる分担作戦。知略の粋《すい》を極めた戦を展開した理由は、全て、大英雄達を打ち負かすためだった。それが参戦しないとなると……気持ちが萎《な》えるよ、まったく」

もはや大隊長は、勝利を確信しているようだった。

どのようなことがあろうとも勝てる。そんな顔だ。

しかし――

「現実は、そのようにはならん。此度の戦で相手方が得るものなど何もない」

そして。

「大英雄との戦はさせてやれんが……その分、息子の妙技《みょうぎ》をとくと味わっていただこう」

やがて、その瞬間が訪れた。

此方《こちら》に接近する軍勢。

もはや目と鼻の先という状況《じょうきょう》であることを確認《かくにん》すると、俺は遠望の魔法を消し去り、腰を上げた。

それから数千もの敵軍に向かって、スタスタと歩く。

相手方もこちらの姿を認識したようで、先頭を行く大隊長が緊張感《きんちょうかん》のない顔で声をかけてきた。

「おい、そこの君。ここは今から戦場になる。早く別の場所に避難《ひなん》しなさい」

民間人に慈悲《じひ》の心をかける分、この男はアサイラスに在って、善良な方だろう。

しかし――

「お気遣《きづか》いは無用にございます。何せ私は、貴方達の敵なのですから」

「……敵？　敵だって？」

意味がわからないといった顔で、大隊長は首を傾《かし》げた。

「あぁ～、こりゃアレですぜ。停戦交渉《こうしょう》とか、そういうことなんじゃねぇですかい？」

部下の一人が口にした内容を聞いて、大隊長は得心したような顔となるが、

「いいえ、違《ちが》います。停戦交渉などいたしません。此度の戦における勝者は、我が方となるのですから。勝つ側が負ける側に停戦交渉など、行う理由がありません」

「……ふぅん。随分《ずいぶん》な自信だね。さすがは勇猛《ゆうもう》で鳴らしたスペンサーってところか」

悠然《ゆうぜん》とした表情で、大隊長はこんなことを口にした。

「君の主人に伝えるといい。分不相応な自信は、ただ身を滅《ほろ》ぼすだけだってね」

この言葉に、俺は口端《こうたん》を吊《つ》り上げた。

「ええ、伝えましょう。ただ、それは戦が終わった後になりますね。何せ……ここには伝えるべき相手が、どこにもおりませんので」

「伝える相手が、いない？　どういうことだ？」

「そのままの意味ですよ。ここには私一人しかおりません」

「……は？」

大隊長のみならず、周囲を固める配下達、そして大勢の兵士もまた、俺の言葉が理解出来なかったらしい。

だから俺は、もう一度、はっきりとわかりやすく、言ってやった。

「貴方《あなた》達は、このアード・メテオールが単騎《たんき》にて撃滅《げきめつ》する」

微笑《びしょう》と共に、そう口にしてからすぐ。

俺は小手調べの魔法を発動した。

刹那《せつな》。

目前の軍勢、その足下《あしもと》が盛大に爆《は》ぜ飛び、無数の兵達が宙を舞《ま》った。

大地の爆裂《ばくれつ》。

一般《いっぱん》的な軍隊ならば、この一撃で終わっていたのだが。

「やはり頑強《がんきょう》ですね、その鎧は」

宙を舞い、地面に衝突《しょうとつ》した兵士達。だが、その身に刻まれたダメージは、ちょっとした掠《かす》り傷と打撲《だぼく》程度。

さりとて、メンタルにはけっこうな傷を与えたらしい。

「な、なんだ⁉ なにをした⁉」

大隊長は特に動揺《どうよう》した様子であった。

そんな彼へ微笑を向けながら、俺は口を開く。

「どうやら、私流の挨拶《あいさつ》は気に入ってくださったようですね。では皆様《みなさま》——どこからでもかかって来なさい」

悠々《ゆうゆう》と言葉を紡《つむ》ぎ、誘《さそ》うように両手を広げてみせる。

そうした挑発《ちょうはつ》的な動きに、大隊長が吼《ほ》えた。

「単騎で何が出来るッ！ 総員、攻撃《こうげき》開始ッ！」

号令一下、兵士達が見事な躍動《やくどう》を見せる。

横一列に広がり、ある者は剣を構え、ある者は槍を構え、そしてある者は弓を構えた。

そして——

「一斉《いっせい》放射ッッ！」

手にした得物、即ち魔装具に秘められた力を解放する。

彼等の武装には、魔力を消耗《しょうもう》して発動する、必殺の魔法攻撃が設定されていた。

剣や槍ならば光波。弓であれば強力な魔力の矢。

煌《きら》めく必殺の群れが、こちらへと殺到《さっとう》する。

美しい光景に俺は目を細めるのみで、恐怖《きょうふ》の類《たぐ》いなど微塵《みじん》も抱いてはいない。

一般の人間からしてみれば必殺。

しかし……

俺《魔王》からしてみれば、これはただ、綺麗《きれい》な光の集積に過ぎない。

そして直撃。

膨大《ぼうだい》なエネルギーの群れが我が身を捉《とら》え、大地を抉《えぐ》る。

広大なクレーターを生み出すほどの、圧倒《あっとう》的な攻撃。

周囲にモクモクと土煙《つちけむり》が立ちこめる中、大隊長は嘲笑《ちょうしょう》と共に言葉を放った。

「アード・メテオール。確か、大魔導士の息子がそんな名前だったな。どうやら彼も、自信過剰《かじょう》だったようだね。手柄となってくれてありが――」

「いいえ？　手柄になるのは貴方の方ですよ、大隊長殿《どの》」

土煙の中、俺がそのように述べた瞬間。

大隊長が、息を呑《の》んだ。

「……ありえない。どうなってるんだ」

やがて煙が晴れ、こちらの健在ぶりを目にすると、大隊長は大量の脂汗《あぶらあせ》を浮《う》かべた。

「なにをどうすれば、さっきの攻撃を浴びて無事でいられる……!? なにか、トリックがあるはずだ……！」

その的外れな言葉に、俺は笑《え》みを零《こぼ》した。

「理解不能なものに相対したとき、知恵者《ちえ》は常に、自分なりの解釈《かいしゃく》を見つけようとする。その賢《さか》しさが、むしろ真実から自分を遠ざけているとも知らずに。しかしその一方で……貴方の部下とその軍勢は頭が悪い分、真実へ到達《とうたつ》するのが早いようですね」

誰もが皆、こちらに同じ一念を向けていた。

即《すなわ》ち、畏怖《いふ》である。

数千の兵士達が、ただ一人の少年に怯《おび》えきった目を向けているのだ。

頭の中に脳ではなく筋肉が詰《つ》まった者達は、彼我の力量差を本能的に感じ取ることが出来る。

それゆえに。

「だ、大隊長殿！　こ、ここは退きやしょう！」

「か、勝てねぇ！　あいつには、絶対に勝てねぇ！」

騒《さわ》ぎ立てる部下達を、大隊長は怒鳴《どな》りつけた。

「馬鹿なことを言うなッ！　相手は単独だぞッ！　一人で何が出来るッ⁉　戦術も戦略も構築出来ないだろうッ！」

知将らしいものいいだな。

戦《いくさ》は優《すぐ》れた頭脳の持ち主が、兵士達を手足のように動かすことで成り立つ、集団によるゲームだと。彼はそのように信じているようだ。

それは別に、間違いじゃない。

ただ……

それはあくまでも、現代の常識に過ぎない。

俺は彼に古代の常識を伝えるべく、微笑と共に口を開いた。

「個人による圧倒的な暴力は、いかなる道理をも超越《ちょうえつ》し、破壊《はかい》する。本日はそうした状況を知っていただいたうえで、丁重《ていちょう》にお帰り願いましょうか」

◇◆◇

「……あたし、山には慣れてるんだけど、それでもキツいわね、ここは」

「起伏《きふく》がメッチャ激しいのだわ。それに下生えも多くて、注意しないと転——ぶはっ!?」

山中にて。

ジニーは友人であるイリーナとシルフィー、そして多くの兵士達と共に、厳しい環境《かんきょう》の中を進んでいた。

うっそうと生《お》い茂《しげ》った緑を見つめながら、ジニーは思う。

(ミス・イリーナや、ミス・シルフィーと一緒《いっしょ》に戦えるのは、心強い)

(でも……よりによって、なぜ……)

(なぜ、エラルド様の部隊に配属したんですか、アード君……!)

そう、ジニーの傍《そば》には二人の友人だけでなく、この世でもっとも苦手とする存在がいる。

エラルド。

かつて自分をイジメ倒《たお》し、卑屈《ひくつ》な人格を形成させた元凶《げんきょう》。

アードに成敗されて以降、けっこうな変わり身を見せたようだが……

それでもなお、ジニーにとっては不愉快《ふゆかい》な過去を象徴《しょうちょう》とする人間だった。

そんな相手が傍にいるので、ジニーは口を開くことが出来なかった。

いつものように、友人達へ接したいのに。しかし、エラルドが傍に居るせいで心が乱され、会話どころではなかった。

（本当に、どうして……）

（アード君が、私の心を見抜《みぬ》いていないわけがないのに……！）

（どうして、こんな嫌《いや》がらせみたいなことを……！）

エラルドが率いる部隊にジニーを配属したのは、アードだった。

もっとも、彼がどうこう言わずとも、ジニーはエラルド隊に所属していただろう。

彼女の家は代々、スペンサーの肉盾《たて》として扱《あつか》われている。

こうした重要な任務の際は、盾として主人を守らねばならない。

だから、エラルドと同じ部隊になることは覚悟《かくご》していた。

けれど、その結果が愛する少年によってもたらされたものとなると、受け止め方が大きく違ってくる。

ジニーはアードが何を考えてこのようなことをしたのか、まったく理解出来なかった。

暗い顔で俯《うつむ》きつつ、キツい傾斜《けいしゃ》を登っていく。

そんなジニーの横で、イリーナとシルフィーが緊張感《きんちょうかん》のない会話を続けていた。

「こうやって山の中を行軍してると、昔のことを思い出すのだわ。今回みたく、伏兵《ふくへい》として山に籠《こ》もってたんだけど、野宿してるときに虫が口の中に入ってきちゃって……」

「うっわぁ……想像もしたくないわね……」

これから命がけの戦いをしようというのに、二人には怯えた様子がまったくなかった。

そんな彼女等へ、汗《あせ》だくになったエラルドが呟《つぶや》く。

「これもアイツの影響《えいきょう》かねぇ。きっと感覚が狂《くる》ってんだろうな」

そして、チラリとこちらを見て……すぐに視線を外す。

どこか気まずそうな様子に、ジニーはため息を吐《つ》いた。

彼もまた、自分なんかと一緒に居たくないだろう。立場上の役割だけをこなし、それ以外は不干渉《ふかんしょう》を貫《つらぬ》くというのが、お互《たが》いにとって幸せだと思う。

と、そうした考えを胸に抱《いだ》いた頃《ころ》。

エラルドに伝令がやってきた。

「ジェラルド様より伝達。ここらが潜《ひそ》み時とのこと」

「……そうだな。いい感じに茂みも多く、身を隠《かく》しやすい。了解《りょうかい》したと伝えてくれ」

それから、エラルドは率いた兵全てに停止させ、隠行《おんぎょう》を命じた。

「あら？　イリーナ姐《ねえ》さん、隠れ慣れてるって感じだわね？　泥《どろ》のメイクや草花の迷彩《めいさい》まで作ってるあたり、プロっぽさが半端《はんぱ》ないのだわ」

「ふっふん。幼い頃は山の中でアード相手に鬼《おに》ごっこや隠れんぼしてたのよ。訓練の一環《いっかん》としてね。そのとき身に付けたの」

ものの見事に自然と一体化し、完全に隠れきったイリーナ。

そこに彼女が居るとわかっていても、ちょっと目を離《はな》せば、どこに身を置いているのかわからなくなってしまう。そんな見事すぎる隠行ぶりであった。

（……私も、負けてられないわ）

ジニーとて、幼い頃から軍事訓練を受けている。隠れ身はお手の物だった。

「よし。全員、いい感じに隠れたな。あとは敵が来るのを待つだけだ」

「こっからがキツいのだわ。下手すると何日間もこの状態だもの」

過去を思い出したか、シルフィーがうんざりした様子で呟いた。

だが……幸運というべきか、彼女が危惧《きぐ》したような事態にはならなかった。

スペンサーの現当主、ジェラルドを総大将とした一軍が身を隠してより、二時間近くが経過した頃。

周辺に、足音らしきものが響《ひび》き始めた。下生えを刈《か》り取りながら、慎重《しんちょう》に地面を踏《ふ》み続けている。そんな音が次第《しだい》に近づいてきて……

そして、ジニーを含《ふく》む全《すべ》ての兵士達が、敵方の姿を確認《かくにん》した。

「あぁ、クソッ！　ま～たヒルが食いついてやがった！」

「この山ぁ、ずいぶんとヒルが多いよなぁ。ったく、食いつくのは女だけで十分だぜ」

「はは。違《ちげ》えねえ」

屈強《くっきょう》なオークのみで構成された一団。

数は二〇〇〇かそこら。こちらよりも一〇〇〇人ほど少ない。だが、オーク種はとかく壮健《そうけん》である。一〇〇〇やそこらの数的有利など、覆《くつがえ》されてもおかしくはない。

そうしたリスクに、ジニーは畏《おそ》れを覚えた。そんなとき。

「……心配すんな。オメーのことは、オレがアードのぶんまでキッチリ守る」

エラルドの言葉に、目を丸くした、次の瞬間《しゅんかん》。

「全軍ッ！　攻撃《こうげき》開始ッッ！」

山中全域に轟《とどろ》いたのではないかと思うほどの大音声が、耳朶《じだ》を叩《たた》く。

総指揮官、ジェラルドの号令を受けて、兵士達が素早く動作した。

武器術を得手とする者は、剣《けん》や槍《やり》を携《たずさ》えて吶喊《とっかん》する。

魔法《まほう》を得手とする者は、口早に詠唱《えいしょう》を唱え、攻撃の準備を行う。奇襲《きしゅう》を仕《し》掛《か》けられた形となった敵軍は、当初こそメンタルをやられ、総崩《そうくず》れになりかかったのだが。

「恐《おそ》れるこたぁねぇッ！　俺達にゃあ、戦の神が付いてんだッ！」

指揮官と思《おぼ》しき、一際《ひときわ》大きなオークが叫《さけ》ぶ。

それと同時に、敵軍は戦意を取り戻《もど》したらしい。

殺し殺されの、血みどろな戦が始まった。

生い茂った緑の中に、紅《あか》い血飛沫《ちしぶき》が飛び交《か》う。

足場が悪く、視界も酷《ひど》い。まともな動作など望めぬ地形、ではあるのだが。

しかしそんな中であっても、《激動の勇者《シルフィー》》は桁外《けたはず》れの動きを見せた。

「一つッ！　二つッ！　三つッ！　はい、これで四つ目ッ！」

俊敏《しゅんびん》な豹《ひょう》を連想させる、しなやかな動作で以《もっ》て、彼女は次々と敵兵を斬《き》り伏《ふ》せていった。

「おいおい……！　マジでなにもんだよ、あいつ……！」

シルフィーに関する詳細《しょうさい》をまったく知らぬエラルドと、周辺の兵士達は、彼女の働きぶりに畏敬《いけい》の念を覚えたらしい。

冷や汗を流しながら、その獰猛《どうもう》かつ流麗《りゅうれい》な戦いぶりに、目を瞠《みは》っていた。

「ふふっ、さすがシルフィーね！　でも、あたしだって負けてないんだからっ！」

幼少期における、アードとの訓練の賜《たまもの》か。シルフィーほどではないにせよ、イリーナの動作も実に機敏であった。ともすれば足を取られてしまうような酷い環境下において、抜群《ばつぐん》の体重移動を見せながら、ひらりひらりと敵方の攻撃を躱《かわ》す。

そして無詠唱の魔法による反撃で、瞬《また》く間《ま》に敵兵を打ちのめしていく。

そうしながら、彼女はジニーに不敵な笑みを見せた。

「あんたはそこで指咥《くわ》えて見てればいいわっ！　全部あたしとシルフィーで片付けてやるんだからっ！」

この挑発《ちょうはつ》的な文句に、ジニーはカッとなった。

ライバル的な存在にこんなことを言われたなら、黙《だま》っていられるわけもない。

「ちょっと山での戦いが得意だからって！　調子に乗らないでくださいまし！」

ジニーもまた、戦働きを見せる。

友人の挑発が原因か、命のやり取りに対する恐怖《きょうふ》はなかった。

勇猛果敢《ゆうもうかかん》にオーク兵達を打ちのめしていくジニー。

だが……畏怖《いふ》をなくしてくれたのが友人の言葉であるとしたなら。

彼女を危機に陥《おとしい》れたのもまた、友人の言葉が原因であった。

イリーナよりも上の働きを。

そんな考えが焦燥《しょうそう》を生み、ジニーの視野を瞬く間に奪《うば》っていく。

そして——

「うおらぁッ！」

すぐ真横から、怒声《どせい》が飛んできた。

殺気漲《みなぎ》るそれが、自分にどのような未来をもたらすのか。

風斬り音が到来《とうらい》すると共に、ジニーは凄《すさ》まじい恐怖を覚えた。

——死ぬ。

そんな確信が、彼女の脳裏《のうり》に浮《う》かんだ瞬間。

「させっかよッ！」

全身に、衝撃《しょうげき》が走る。

何者かによって突《つ》き飛ばされたと、そう認識すると同時に。

ジニーは目前の光景を見つめながら、唇《くちびる》を震《ふる》わせた。

「エ、エラルド、様っ……⁉」

彼女を突き飛ばし、庇《かば》ったのは、あのエラルドであった。彼は首から下を頑強《がんきょう》な甲冑《かっちゅう》で守ってはいたが……山中にて視野を広くするため、あえてヘルムは脱《ぬ》ぎ捨てていた。

ゆえに、不幸にも、敵方の戦斧《せんぷ》はエラルドの首筋を深々と捉《とら》え、傷口から血飛沫が飛ぶ。

だがそれでも、彼は怯《ひる》むことなく、敵兵へ返礼の一撃を叩き込《こ》んだ。

「ぐう、おッ！」

火属性の攻撃魔法、《メガ・フレア》のゼロ距離《きょり》発射。

巨大《きょだい》な炎球《えんきゅう》が敵方のオークを吹《ふ》き飛ばし、再起不能へと追い込む。

それからエラルドは、首筋を押さえながら片膝《かたひざ》をついて、

身体能力強化の魔法による頑強性の向上があったがために、エラルドはまだ絶命には至っていない。だが、それはもはや時間の問題であると、確信しているようだった。

そんな彼を見つめながら、ジニーは――

「な、なん、で？　い、いや、そんなことより、治療《ちりょう》、を。で、でも、どうやって」

完全に、パニック状態だった。

処理すべき情報が巨大過ぎる。

迫《せま》り来る死を回避《かいひ》出来た。それだけでも重厚な情報だというのに、そこに対して、複雑な関係にある相手に命を救われたという内容まで加わったのだ。

わけもわからず、当惑《とうわく》してしまうのも無理はない。

エラルドもまた、そう思っているのか。

顔を真っ青にして、死にゆく者特有の死相を見せながらも。

彼はジニーに、こう言った。

「気にすんな。オレは、やりたいようにやっただけだから」

自らの行動に、なんの悔《く》いもない。そんな意思を思わせる、安らかな表情であった。

そして、彼は運命を受け入れ、瞼《まぶた》を――

「チッ……！　ここまで、か……！」

瞑《つぶ》った、その瞬間。

エラルドの足下に、魔法陣《じん》が顕現《けんげん》する。

まるで、宿命など知ったことかといわんばかりに。

そして深緑色の煌《きら》めきがエラルドの全身を包み……

首に刻まれた深い裂傷《れっしょう》が、瞬時に回復した。

「こ、これは」

エラルドも、ジニーも、目を大きく見開いた。

いや、二人だけじゃない。周囲の兵士達も、驚愕《きょうがく》の声を放っていた。

「お、俺の足がッ⁉」

「き、斬られた場所が、元通りになったッ⁉」

周りに目をやると、負傷者の足下に順次、魔法陣が顕現し、彼等の傷を癒《い》やしていく。

いったい何が起きているのか、まったく理解出来ない。

敵味方問わず、兵士達はそんな様子であったが、

「やっぱアードは凄《すご》いわね。どんなに離れてても、私達のことを見守ってるのよ」

イリーナやシルフィーは、この現象が何者によるものか、理解していた。

そして、ジニーやエラルドもまた――

「っとに。デタラメにも程《ほど》があんだろ」
苦笑《くしょう》しながら頭を掻《か》くエラルド。
その様子を見つめながら、今なお、当惑を隠《かく》しきれないジニー。
なんにせよ――
国境での戦《いくさ》は、ラーヴィルが制した。
それは後に、大英雄《えいゆう》の初陣として語り継《つ》がれることとなる。
この時代では、大魔導士《まどうし》の息子として知られるアード・メテオール。
彼が歴史に名を残すきっかけとなった、勝ち戦であった。

◇◆◇

山中での奇襲戦を終えて。
ジェラルドを総指揮とする軍勢は、砦《とりで》への帰路に就《つ》いていた。
アード・メテオールの活躍《かつやく》により、死傷者はゼロ。
そうした状況《じょうきょう》に、ジェラルドは渋面《じゅうめん》を作っている。

そんな彼から、大きく離《はな》れた場所にて。

ジニーは俯《うつむ》きながら、歩き続けていた。

その隣《となり》には、エラルドが並んでいる。

……不意に、彼女は口を開いた。

「なぜ、庇ったのですか？」

「えっ」

まさか自分から声をかけてくるとは思わなかったのだろう。

エラルドが目を丸く見開いた。

それから彼は、しばし逡巡《しゅんじゅん》した後。

「……罪滅《つみほろ》ぼしの、一環《いっかん》だよ」

その顔は苦々しい色で満ちている。

嫌《いや》なことから逃《に》げてしまいたいと、そんな意思もあった。

だが、エラルドはそうした弱音をねじ伏せたらしい。

ジニーの顔を見ながら、ゆっくりと、懺悔《ざんげ》するように言葉を紡《つむ》いでいく。

「オレは、親父《おやじ》が怖《こわ》かった。それに加えて、次期当主としてのプレッシャーも、強いストレスになった。……だから、オメーのことを捌《は》け口として利用してたんだ」

頭をボリボリと掻きむしりながら、エラルドは語り続けた。

「本当に、申し訳ねぇことをしたと、思ってる。……いや、申し訳ないじゃ済まねぇってことは、わかってんだ。誰《だれ》かの心にトラウマを作ったわけだから。どう詫《わ》びようとも、それが変わることはねぇ。でも……それでも一言、謝《あやま》らせてくれ」

エラルドが立ち止まった。それに合わせて、ジニーも足を止める。

そんな彼女の目前で、エラルドは深々と頭を下げながら、

「オレの弱さのせいで、オメーの人生が破綻《はたん》するところだった。心の底から、謝罪する」

ジニーにとってそれは、信じがたい光景だった。

あのエラルドが。

おそろしいイジメっ子が。

自分に頭を下げて、謝っている。

……それは、今すぐ受け止められるようなものではない。

しかし、意図だけは伝わった。

エラルドの謝意の念。

そして……アードの思惑《おもわく》。

彼は自分とエラルドの和解を願っているのだろう。

だから、自分とエラルドを同じ部隊にしたのだ。

……正直言って、難しい道のりだとは思う。

だが。

不思議と、マイナスな感情はなかった。

アードと出会って以降、エラルドという存在が彼女の中で、ちっぽけなものとなったからかもしれない。あるいは彼女自身、どこかでエラルドという過去に決着を付けたがっていたのかもしれない。

（アード君）

（貴方《あなた》が、それを望むなら）

今はまだ、思い人の願いゆえに歩み寄るといった、そんな考えでしかない。

けれどいつか、自分の意思で、エラルドに向き合うようになる、かもしれない。

そんな予感を、ジニーは抱《いだ》くのだった。

◇◆◇

「ふむ。とりあえずは及第《きゅうだい》点といったところか」

遠望の魔法によって召喚《しょうかん》された、大鏡。

目前に浮かぶそれが映し出す、ジニーとエラルドの様相に、俺は一人頷《うなず》いた。

「まだまだ課題は残っているようだが、しかし、一歩は踏《ふ》み出せた。今回はそれでよしとするか」

呟《つぶや》いてから、俺は周りを見回し、

「さて。俺も砦へ、帰るとしよう」

こちらの戦は、ジニー達のそれが始まるよりもだいぶ前に決着がついていた。

我が魔法の行使により、丘陵地帯《きゅうりょうちたい》は今や、なだらかな平野へと姿を変えている。

戦で地形が変わるといったことは、古代世界であれば常識的なものだが……

現代人にとっては、非常識かもしれない。

俺とて好きこのんで地形を変えたわけではないのだがな。

相手方の命を奪《うば》わず、鎧《よろい》だけを破壊《はかい》し、魔法効果を消し去るという過程で、どうしてもこのようなことになってしまった。

まぁ、とにかく。

鎧を剝《は》がされたことで、敵方の転移魔法防止効果は消失。

古代流の戦を十分味わってもらった後。

俺は彼等を別の国へと転送した。

今頃《いまごろ》すっぽんぽんの軍団が、警邏《けいら》隊によって一斉逮捕《いっせいたいほ》されていることだろう。

「ふぅ。これにて一件落着……とはいかんだろうな」

まだまだ、謎《なぞ》が多く残っている。

きっと今回の一件は、単なる布石でしかあるまい。

本番はこれからだ。

敵方との本格的な戦いは、これより始まるのだ。

「……せいぜい、気張るといい。今の俺は、かつてなく強いぞ」

この時代に転生してより十数年。

俺は前世での価値観を引きずって生きてきた。

即《すなわ》ち……強者とは孤独《こどく》である、と。己が力量を示せば、自分は孤独になってしまう、と。

それゆえに俺は、力を振《ふ》るうことを良しとしてこなかった。

緊急《きんきゅう》事態であっても、無意識のうちに力をセーブしていた。

だが、今は違《ちが》う。

必要であれば、自らが《魔王》であることを明かしてもいい。

イリーナ、ジニー、シルフィー、オリヴィア。両親や学園の皆々《みなみな》。そして、エラルド。

彼等と共に迎《むか》える、希望と幸福に満ちた明日を守るためなら、なんだってする。
そんな覚悟《かくご》を胸に抱きつつ、俺は青空を見上げた。
気持ちのいい晴天。
それが明るい未来を暗示するものであることを祈《いの》りながら。

俺は、息を唸《うな》らせた——

閑話《かんわ》　崩壊《ほうかい》のプレリュード

アード・メテオールが活躍する、その一方で……
彼の計画は着々と進んでいた。
ラーヴィル魔導帝国《ていこく》には複数の秘境が存在する。
その多くは万人《ばんにん》に知られており、観光名所のような扱《あつか》いを受けていた。
しかし中には文字通り、誰も知らぬような秘められた場所もある。
日々、異常気象が起き続けている不可思議な土地、イシュワルダ地方。
その只中《ただなか》には、特殊《とくしゅ》な手段を以《もっ》てしか立ち入り出来ぬ隠れ里がある。
いや、それはもはや里というよりも、迷宮と称《しょう》するべきか。
棲まう者達は例外なく異形であり、その全てが尋常《じんじょう》でない戦力を有している。
この世のあらゆる存在を拒絶《きょぜつ》し、人が立ち入ろうものなら、総力を挙げて殺す。
――彼はそんな場所から、生還《せいかん》を果たしたのだった。
雷鳴轟《らいめいとどろ》く砂漠《さばく》地帯といった異様な環境《かんきょう》にて、虚空《こくう》が歪《ゆが》み、次の瞬間《しゅんかん》、穴が開く。

そこから悠々《ゆうゆう》とした足取りで出てきた彼の姿は、まるで――

おぞましい拷問《ごうもん》を受けた後であるかのごとく、惨憺《さんたん》たる有様であった。

一歩、二歩と刻む毎《ごと》に、大地を埋《う》め尽《つ》くす砂の一部が真っ赤に染まっていく。

彼の肉体は、深く傷付いていた。

スラリとした全身を覆《おお》う燕尾服《えんびふく》は今、ボロ布の寄せ集めみたく、ズタズタにされて。

その面貌《めんぼう》を隠《かく》す仮面にも、一部、亀裂《きれつ》が入っていた。

しかし。

それでもなお、彼は笑う。

嬉《うれ》しそうに。可笑《おか》しそうに。

常人であれば発狂《はっきょう》してもおかしくはない痛みを味わいながら、喉《のど》を鳴らす。

「ふ。ふふ……！　ふふふふ……！　さすが、吾《わたし》の元・主人といったところか……！　よもや再び、その悪辣《あくらつ》さを
かの者が《魔王》の手によって滅《めっ》せられてより数千年……！

実感する日が来ようとは……！」

隠れ里を形成したのは、今は《邪神《じゃしん》》と呼ばれし存在の一柱。

古代において、《外なる者達《アウター・ワン》》と呼称《こしょう》された超越者達《ちょうえつ》の頂点に立つ存在。

そして……

《勇者》・リディアの父であり、イリーナの先祖であり、ヴァルヴァトスだった頃《ころ》のアードが生涯憎《しょうがいにく》み続けた怨敵《おんてき》。

　そんな一柱が遺《のこ》したものを回収すべく、仮面の某《なにがし》はその身に絶大なダメージを負ったのだが……現代生まれは当然のこと、古代生まれであっても死は免《まぬか》れぬであろう深手にもかかわらず、仮面の某が絶命に至る瞬間はいつまで経《た》っても訪れない。

　むしろ、その身に受けた手ひどい傷が、時を巻き戻《もど》したかのように癒《い》えていく。

「嗚々《ああ》、元・主人よ。やはり貴公ではなかった。貴公でさえも、吾の不死性を塗《ぬ》りつぶし、この身を死滅《しめつ》させることは叶《かな》わない。やはり、あの男でなければならんのだ。愛《いと》しき我が《魔王》でなければ、この身を滅することなど出来はしない」

　クックツと笑いながら、雷鳴轟く天空を仰《あお》ぎ見る。

　そうして、仮面の某は回収したそれを、頭上へと突《つ》き上げた。

　それは、半分に割れた立方体。

　外見だけで判断したなら、なんの役にも立たぬゴミでしかない。

　だが……この小汚《こぎたな》い、灰色の破損品には、おそるべき力が秘められている。

「さて。あとは我が相棒の働き次第《しだい》だが」

　半分に割れた立方体を天に突き上げつつ、片足立ちとなってクルクルと回る。

そんな仮面の某の傍《そば》に、突如《とつじょ》、一人の少女が顕現《けんげん》した。
若く、見目麗《みめうるわ》しいが、しかし絶世の美貌《びぼう》というわけではない。
そんな彼女の名は――
「目的を達したのだな、カルミア」
そう、《女王の影《かげ》》を自称《じしょう》し、アードやイリーナに接触《せっしょく》した少女、カルミア。
その真実は、仮面の某の相棒であり、彼がもっとも信頼《しんらい》する配下でもあった。
「……回収、出来たよ。アル」
なんの情も宿さぬ顔で、無機質な声音《こわね》を紡《つむ》ぎながら、カルミアはそれを差し出した。
割れた立方体、その片割れである。
仮面の某はそれを受け取ると、自らが入手したものと接着してみせた。
「さぁ、どうなるかな?」
その声は未知を前にした幼子のように、昂揚《こうよう》としたものだった。
そして。
仮面の某の手により、一つに合わさった半割れの立方体は白光を放ち――
かつての姿を、取り戻していった。
小汚い灰色の表面が、まるで錆《さび》を落とすように剝がれていく。

現れたのは、純白の筺《はこ》。

随所《ずいしょ》に黄金《こがね》色のラインが走り、明滅《めいめつ》するそのさまは、美しくもどこか不気味であった。

「ククク……！　童心に返るとはこのことか……！」

「楽しそうだね、アル」

「嗚々、楽しいとも！」

「嬉しそうだね、アル」

「嗚々、嬉しいとも！」

白い筺を手に、クルクルと踊《おど》る仮面の某。

彼は歌うように言葉を紡いだ。

「三千七百、飛んで四年二カ月と三日。それだけの時間、吾は待ち詫《わ》びたのだ。これでようやく続きが出来る。嗚々、なんと愉快《ゆかい》で喜ばしいことだろう！」

うっとりとした声には、確かな狂気《きょうき》が宿っていた。

そんな彼に言葉を投げる者がまた一人、顕現する。

「……それが件《くだん》の神具、《ストレンジ・キューブ》であるか」

転移の魔法《まほう》を用いてやって来たのは、元・《四天王》にして教皇。

ライザー・ベルフェニックスであった。

彼は仮面の某が手にしているそれをジッと見据《みす》えながら、再び口を開く。

「《魔王》の目を逸《そ》らすのは尋常でない大仕事であったが。その甲斐《かい》あって、第一段階はクリアといったところであるな」

「然《しか》り然り。彼は今世においてアード・メテオールとなり、多くの友を得た。それは彼にとってこの上ない幸福であろう。しかしその幸福感こそが、彼を蒙昧《もうまい》にさせている。孤独な怪物《かいぶつ》だった頃の彼であれば、我々の思惑《おもわく》を神がかった感性で察していただろうに」

今のアード・メテオールは、ただただ友を守ることばかりを考えている。

だから、スペンサーとサルヴァンが治めし領土に釘付《くぎづ》けとなってしまう。

仮面の某や、ライザーの思惑通りに。

「アサイラスを動かし、彼奴《きやつ》めの友人縁《ゆかり》の地を襲《おそ》わせる。さすれば彼奴の視線はそこに釘付けとなり、回収作業が失敗することはない、と……そのように提案したのは我輩《わがはい》であるが、よもやこうもアッサリと成功するとは」

かの国による宣戦布告は、全《すべ》てこのときのため。

アード・メテオールの意識を国境へと拘束《こうそく》し、筐を回収するためだった。

「……して、今後どうする？」

「彼女……いや、今は彼か。ややこしいのでアレと呼ばせてもらおうかな。まぁ、とにかく、アレはけっこうなやる気を見せている。吾としても面白《おもしろ》い見世物《みせもの》になりそうなので、手伝ってやろうと思うよ」

どこか不満げな顔をするライザーに、仮面の某はクツクツと笑いながら、言葉を積み重ねた。

「無論、それもまた計画の一環《いっかん》だ。最初に説明しただろう？　この《ストレンジ・キューブ》、獲得《かくとく》しただけではなんの意味もない、と」

篋を見せつけながら、仮面の某は言う。

「扱うに相応《ふさわ》しき存在でなければ、これを操《あやつ》ることは出来ない。ゆえに、資格を得ねばならん。そう――」

「イリーナ、であるな」

紡がれた名前に、仮面の某は小さく頷《うなず》いて笑《え》みを零《こぼ》した。

「クク。我が《魔王》も、終《つい》ぞ気付くまいな。この世界が無数に存在する物語の一つであったとして。その主役は自分でなく……常に、かの少女であったことなど」

暗雲漂《ただよ》う天空を見上げ、両手を広げる仮面の某。

そんな彼を見据えながら、ライザーは口を開く。

「アレを利用し、かの娘《むすめ》を覚醒させる、と。そういうことであるな？」

「然り。もはや彼女は羽化寸前のさなぎ。あと一押しすれば、美しい姿を見せてくれるに違《ちが》いない。そのときこそが――」

「念願成就《じょうじゅ》の瞬間、であるか」

無数の皺《しわ》が刻まれた老将の顔に、熱が帯びた。

「……子細は後ほど聞こう。我輩は急用を済ませねばならぬ」

「うむ。気張りたまえよ、教皇猊下《げいか》」

からかうような声が、仮面の某の口から放たれてからすぐ、ライザーの足下《あしもと》に魔法陣《じん》が顕現する。

そして、彼は転移する直前。

仮面の某を睨《にら》み据《す》えながら、底冷えするような声を放った。

「裏切りは許さぬ。肝《きも》に銘《めい》じておくがいい」

脅《おど》し文句《もんく》にも似た言葉をぶつけてから、ライザーはその姿を消失させた。

「ククッ。ここまで信用がないとは。なんだか悲しくなってしまうよ」

「……でも、結局は裏切るんでしょ？」

小首を傾《かし》げるカルミアに、仮面の某は肩《かた》を竦《すく》めた。

「まだわからんさ。状況《じょうきょう》次第では、最後まで共謀《きょうぼう》者となるだろう。しかし、状況次第では……敵対していた者達が手を結び、吾を滅するという展開もあるだろう。そして、そんな展開を望む吾がいるというのもまた事実」

「やっぱり、裏切る気まんまんだね」

どこか冷めた目で見てくるカルミア。その頭を撫《な》でてから、仮面の某は彼女の小さな手を取って、踊り始めた。

軽《かろ》やかにステップを踏《ふ》み、情熱的に身をよじらせながら。

仮面の某は、愛しき宿敵を思う。

「過激なプレリュードを味わわせてやる。覚悟《かくご》するがいい、我が《魔王》よ」

第七九話　元・《魔王》様、出撃《しゅつげき》する

国境沿いでの一戦を終えてから、俺とイリーナは一時、村へと帰還《きかん》した。

それから数日後のこと。

再び夏期休暇《きゅうか》を満喫《まんきつ》していた我々のもとに、オリヴィアが訪ねてきた。

我が家の玄関口《げんかんぐち》にて、いつもの仏頂《ぶっちょう》面を見せながら、彼女は口を開く。

「まず……エラルドが夏期補習講座に顔を見せた」

「ほう。それはそれは。実に喜ばしいですね」

夏期補習講座とは、なにがしかの理由で休学していた生徒に用意された仕組みで、これを受講することで休学中に取れなかった単位を補充《ほじゅう》出来る。

エラルドは俺達と共に進級することを選んでくれたのだろう。

新学期からの学園生活が楽しみになるような、明るいニュースであった。

しかしオリヴィアが持ってきたのは、そうしたプラスの話題のみではなく――

「先日の戦《いくさ》について、女王が貴様に招集をかけた」

「それはそれは。また以前みたく、勲章《くんしょう》でもいただけるのですか？」

「いいや。元来であれば国を挙げて称賛《しょうさん》するような功績ではあるが、状況はまだまだ緊迫《きんぱく》している。貴様を称賛する暇《ひま》さえもないほどに、な」

肩を竦めつつ、オリヴィアはさらに言葉を重ねた。

「わたしと女王を中心に、他の有力貴族なども交えて会議を開く。貴様も同席しろ」

「かしこまりました。……イリーナさんの同席も許可していただけますか？」

彼女を一人、村に置いていくのも忍《しの》びない。

そう考えての発言に、オリヴィアは無言で頷いた。

そして俺達はオリヴィアが用意した馬車へ乗り込み、王都へ向かう。

到着《とうちゃく》後。寄り道などはせず、まっすぐ王城へ。

広々とした城の中を、オリヴィア、イリーナと肩を並べながら歩く。

その末に、我々は会議室へと足を踏み入れた。

「おう！　来たな、アード！　此度《こたび》の活躍《かつやく》、まっこと凄《すさ》まじいものであった！」

入室して早々、円卓《えんたく》の上座に着席していた女王陛下・ローザよりお褒《ほ》めの言葉をいただいた。

その横に腰《こし》を落ち着けている宰相《さいしょう》、ヴァルドルは俺を睨むのみで、何事も発することはない。

いつもなら嫌味《いやみ》や小言などを飛ばしてくるタイミングだが……

メガトリウムでの一件で、少しだけ俺に対する印象を変えたのだろうか。

結局、ヴァルドルは俺から視線を外し、対面に座る二人……

ジェラルド公爵《こうしゃく》とその息子、エラルドに目をやった。

「それにしても、さすがはスペンサーといったところか。他の貴族であれば、敗北の無様を晒《さら》しておったろう。それを見事、勝利へと導いた。この功績は称賛に値する」

あくまでも、今回の働きは公爵家の力によるものだと、そのように他の貴族達へアピールする。こうした行為《こうい》は単純に考えれば、俺の手柄《てがら》をゼロにするような悪意に満ちたものだと、そのようになるのだが……実際は違う。

これはヴァルドルなりの、俺への配慮《はいりょ》であろう。

平民などが無駄《むだ》にデカい功績を挙げ、目立とうものなら、他の貴族達に睨まれる。

何せ彼等は、出る杭《くい》を打たずにはいられぬ生き物ゆえ。

そうなると無駄なトラブルに巻き込まれることも多くなるだろう。

そんなことが起きぬよう、ヴァルドルは気を遣《つか》ってくれたのだ。

それを理解しているがために、イリーナやエラルド、そして……

母・シャロンと共に同席しているジニーもまた、何も言うことはなかった。

そうした状況を前に、俺やイリーナ、オリヴィアも着席。

今後に関する方針を決めるための、重要な会議が始まった。

まず女王・ローザが口火を切る。

「此度の一戦がいかなる顚末《てんまつ》を迎《むか》えたか、敵方とてそれは把握《はあく》しておろう。しかし……敗戦を受けてなお、アサイラスは停戦交渉《こうしょう》や宣戦布告の撤回《てっかい》などはしておらん。敵方はあくまでも戦を継続《けいぞく》するつもりじゃ」

ローザは細い指で円卓を突《つ》きながら、我々の顔を見回した。

「そこで皆《みな》に意見を求めたい。今後、我々はどのように動くべきか。此度の会議にて、それを決定したいと思う」

ともすれば、国家の存続にさえ関わるような重大すぎる内容。

迂闊《うかつ》なことは口に出来ぬ。そんな空気の中、一人の初老貴族が挙手をした。

確かこの男は、歴史ある侯爵《こうしゃく》家の当主であったな。

彼は怜悧《れいり》な瞳《ひとみ》を細めながら、己が意見を口にした。

「ここは専守防衛が得策かと」

「ほう。なにゆえそう思う？」

「は。此度の一件、おそらくはアサイラスの暴走などではありますまい。かの蛮王とて、それほどの愚《ぐ》は犯しませぬ」

その考えにローザは頷きを返したが……

半面、ヴァルドルは髭《ひげ》を弄《いじ》りながら、難しい顔をしてこう言った。

「……そこに関しては、少々懐疑《かいぎ》的に思う」

「む。宰相殿《さいしょうどの》は、アサイラスの暴走もありうるとお考えか？」

「うむ。以前までならば、貴殿《きでん》の述べた通りだと思ったろう。だが、先の五大国会議にて奴《やつ》めの様相を目にした今となっては……少々、意見が変わっておる」

ヴァルドルは眉根《まゆね》を寄せつつ、こんなことを呟《つぶや》いた。

「あの男、ここ最近になって気の触《ふ》れように拍車《はくしゃ》がかかったように思えてならぬ。ゆえに暴走し、血迷ったことをしてもおかしくはない」

……ふむ。なかなか、興味深い情報だな。

あのドレッド・ベン・ハーとは、俺も会議の際に顔を合わせたのだが、気の触れた狂王《きょうおう》以外のなにものでもなかった。

しかしその狂気が元来のものでなく、後天的に増大されたものだったとしたなら？

……ドレッドの後ろにはやはり、未知の黒幕がいると考えた方がよさそうだな。

俺がそのように考える中、侯爵の男が咳払《せきばら》いをして、

「アサイラスの暴走であったとしても、我が意見に変わりはありませぬ。徹底《てってい》した専守防衛。これに尽《つ》き申す」

その理由を、彼は次のように語った。

「此度の一件がメガトリウムを中心とする反ラーヴィル派の主導であったとしても、そうでなかったとしても、こちらから積極的に打って出るは悪手。独自調査したところ、アサイラスの戦上手は半端《はんぱ》なものではないことが判明しております。そこに地の利まで加われば、これはもう驚異《きょうい》的と言わざるをえない」

「打って出たところで、被害《ひがい》が増加するのみであると、そういうことじゃな？」

「左様にございます陛下。ジェラルド公を始めとする、国境線守護の家には負担が強いでしょうが、ここは皆々様に奮戦していただくほかありますまい。それに……我が方には伝説の使徒様まで付いてくださっている」

侯爵の男が、オリヴィアに期待を込めた目線を送った。

……この場に彼女を信奉《しんぽう》する宗教、黒狼《こくろう》教の信者がいなくてよかったと思う。

彼等からしてみれば、現人神に等しきオリヴィアを国防に駆《か》り立てるなど、不遜《ふそん》にも程《ほど》があるだろう。

しかし、この場に座するは無宗教かヴェーダ派の信者が中心である。

そのため、誰《だれ》もがオリヴィアに期待の眼差しを向けていた。

そんな目を受けて、彼女は腕《うで》を組みながら嘆息《たんそく》する。

「もはやわたしも、国家元首に等しい立場。ゆえに貴様等の期待に応えるのも責務として捉《とら》えようと思う。……だが、しばらくは助力できん。ちょっとした用があるのでな」

この言葉に、皆が首を傾げた。

俺も同様である。現状を捨て置いて優先する用事とはいかなるものか。

答えを得るべく、問いを投げてみた。

「用とは、いかなるものでしょうか？ よもや、芋《いも》関係ではありませんよね？」

「当然だ。さしものわたしも、こうした状況で芋を優先するなど…………あるわけが、ない、だろう」

おい。なんだ今の間は。

それになんだ、その冷《ひ》や汗《あせ》は。

「……まさか、芋ですか？ このタイミングで？ このタイミングで芋なんですか？」

「違《ちが》うと言っとるだろうが。ヴェーダに呼び出しを受けたのだ。魔動《まどう》装置の製作を手伝え、と、な」

ヴェーダの呼び出し？

……これは、あまりにも意外だな。

こうした状況《じょうきょう》の中、オリヴィアがヴェーダの要請《ようせい》を優先するとは。

「貴様の考えはわかる。わたしとて自分の判断に意外性を感じているぐらいだ。理詰《りづ》めで考えたなら、奴めの要請など無視した方がいいに決まっているのだからな」

「ならば、なぜ？」

「武人としての勘《かん》が危機を叫《さけ》んでいる。ゆえに私は、ヴェーダの手伝いに行こうと思う」

……ふむ。それならば、仕方がないな。

こいつの勘は極《きわ》めて鋭《するど》く、悪いものであれば大方が的中する。

そんな彼女が嫌《いや》な予感を覚えたと言うなら、その意思を尊重する他ない。

他の貴族達についても、伝説の使徒に対して強くは出られなかったようで……

「よかろう。国境守護の一族として、歴史に残る仕事をしよう」

ジェラルドが厳《おごそ》かに言葉を紡《つむ》ぐ。

そうすることで早くも、場の空気感が「決定」の二文字へと傾《かたむ》いた。

……まぁ、専守防衛は悪手ではない。

ラーヴィルとアサイラスの国力は、五分かあるいは、前者が上。

軍事力は五分と見るべきだが、戦というのは往々にして、攻《せ》める側が不利になりやすい。自国内で戦うという前提で考えれば、軍事力は僅《わず》かながらラーヴィルに軍配があがるだろう。

こうした条件下の場合、長引けば攻める側、即《すなわ》ちアサイラスはジリ貧となる。

そうなれば相手方とて、いずれは戦争の継続が不可能となるだろう。

守りに徹《てっ》すればいつか終わる。この戦はそういうものだと、皆はそう捉えている。

そしてそれは、間違いではない、のだが。

「私は反対いたします」

小さく手を挙げながら、こう発言した俺に対し、全員が注目する。

イリーナやローザ、ジニー、エラルドといった友人達は、好意的な目線であったが……

それ以外の連中は、険しいものが大半。

平民の分際で口を挟《はさ》むなと、そんな顔である。

しかし、ここはあえて挟ませていただこう。

「相手方のジリ貧を待つ。それも手の一つではありましょう。しかし、それですと時間がかかりすぎる。そして……時間がかかるということは必然、戦の犠牲《ぎせい》となる者も増加するということ。それはあまりにも忍《しの》びありません」

この発言に、貴族達のほとんどがマイナスの反応を寄越《よこ》した。

「チッ……何を言うかと思えば、青臭《あおくさ》い子供の論理か……」

こんな言葉を漏《も》らす者もいたが、別に俺は、青臭さを露呈《ろてい》したわけじゃない。

ただ、専守防衛など時間の無駄だと、そのように言っているだけだ。

「私が本気を出したなら、此度《こたび》の案件は一〇日以内に終わります。神祖に誓《ちか》ってもよろしい。私がこの戦《いくさ》を、短期間で終わらせてみせましょう」

この発言に、貴族達が嘲笑《ちようしよう》する。

「ハッ！　一〇日以内に終わらせるだと？」

「さすがは大英雄殿《えいゆうどの》のご子息ですなぁ。我々のような凡夫《ぼんぷ》には、考えもつかぬようなことを言ってのける」

「何をどのようにすれば、戦が一〇日以内に終わるというのだ。直々に敵国へ乗り込んで、話を付けるとでも言うのか？」

最後に言葉を放った男性貴族に対し、俺はニッコリと微笑《ほほえ》んだ。

そして、軽く拍手《はくしゆ》などしながら、口を開く。

「ご名答にございます」

こう述べた俺に、皆が目を丸くする。

が、イリーナを始めとする、俺の力を知る者達はすぐに納得《なっとく》した顔となった。

一方で、他の貴族達は目を眇《すが》めながら、こちらを睨《にら》むのみ。

彼等の視線には、一つの意思が込められている。

このような場所で冗談《じょうだん》など、言語道断である、と。

そんな彼等の顔を見回しながら、俺は、

「このアード・メテオールが直々にアサイラスへ乗り込み、戦を終わらせます」

念を押すように、ハッキリと断言した。

「これは願望でもなければ、夢想でもない。誰にも覆《くつがえ》せぬ、決定事項《じこう》だ」

第八〇話　元・《魔王《まおう》》様、敵国で大暴れ　そして──

俺の力を又聞《またぎ》きでしか知らぬような者達にとっては、あまりにも大言壮語《たいげんそうご》が過ぎる発言。

しかしこちらからしてみれば、実現可能な内容を口にしただけのこと。

それを証明すべく、俺は会議後すぐさま動いた。

「もちろん、私達も連れて行ってくださるんですよね？」

「ダメって言っても聞かないんだからっ！」

此度の経験も、人生の糧《かて》としては良いものとなるだろう。

そう思った俺は、イリーナとジニーを連れて敵国へ乗り込むことにした。

無論、シルフィーも忘れてはいない。彼女は俺に万が一のことがあった際の保険だ。

普段《ふだん》は手の付けようがない馬鹿《ばか》者だが、その戦闘《せんとう》能力は折り紙付きである。再び武者修《むしゃしゅ》行《ぎょう》の旅を続けていた彼女と合流し、我々は一路、アサイラス連邦《れんぽう》の入り口へと向かう。

そしてスペンサーの砦《とりで》を経由し、アサイラスとラーヴィルの狭間《はざま》へと入った瞬間《しゅんかん》。

陽光が降り注ぐ平野の只中《ただなか》にて、俺はボソリと呟《つぶや》いた。

「どうやら敵国全域に、反魔法術式が展開されているようですね」

「えっ。そ、それじゃあメガトリウムのときみたく、魔法が使えないの？」

「いいえ。あのときほど強力なものではありません。飛行魔法や転移魔法の類《たぐ》いを封《ふう》じるのみに留《とど》めた術式のようですね」

おそらくはライザーの仕業《しわざ》であろう。国内全域に反魔法術式を展開させるなど、この時代では奴《やつ》にしか出来ぬ芸当だ。

とはいえ、さしものライザーも経年劣化《れっか》には耐《た》えられんかったようだな。

古代であれば、超広範囲《ちょうこうはんい》に全《すべ》ての魔法を封じる反魔法術式を展開可能だったはず。

しかし、今は特定魔法の封印《ふういん》が限界といったところか。

「つまり敵の本拠地《ほんきょち》である王都に乗り込むまで、けっこうな時間を食ってしまうということ、ですわね」

「問題は相手の狙《ねら》いだわ。時間稼《かせ》ぎみたいなことをして、何を企《たくら》んでいるのやら」

神妙《しんみょう》な顔つきで呟くシルフィー。

彼女の言う通り、この反魔法術式は時間稼ぎが目的であろう。

だが、時間を稼ぐことで何を狙っているのかは、まだ判然としない。

「なんにせよ前へ進みましょう。我々にはそれ以外の選択肢《せんたくし》がありません」

皆《みな》で頷《うなず》き合い、そして歩を進めていく。

当然ながら、道中、俺は反魔法術式の解析《かいせき》と支配に努めた。

しかし……

アサイラスの首都へ到着《とうちゃく》するまでに解析を完了《かんりょう》することは、不可能だと思う。

反魔法術式は、封ずる魔法の種類が多いほど解析が簡単になる。

だが、今回は転移と飛行、二種の魔法のみを封ずるもの。しかも術者はあのライザーだ。

解析は不可能じゃないが、けっこうな時間と労力が必要になる。

具体的には、およそ一〇日ほど。

対し、アサイラスの首都へ乗り込むまでの時間は九日程度と予想している。

ゆえに解析作業は無駄骨《むだぼね》になる可能性が高い。

が……作業は最後まで続行しようと思う。

無駄な作業であると思わせ、それを放棄《ほうき》させるのが敵方の狙いやもしれぬ。

転移と飛行を封じることには、何か意味がある。それらの魔法を使えぬまま進行するよりも、使えるようにした方が良いと判断した俺は、歩行しながら解析作業を進めていった。

そして丸一日歩き続けた結果。

空が闇色《やみいろ》に染まりきった頃《ころ》、我々は相手方の砦へと到達《とうたつ》した。

この場を中心に、国境線沿いには無数の砦が建造されている。そうした防衛ラインを抜《ぬ》けることでようやっと、本格的にアサイラスの土を踏《ふ》むことが出来るのだ。

しかし当然、敵方がそれを許容するわけもない。

平野に築かれた巨大《きょだい》な砦。

小型の城郭《じょうかく》都市といったそれの入り口たる、巨大な門前にて。

周辺警戒《けいかい》のために配置されていたであろう複数の敵兵が、夜闇の中、我々の姿を視認《しにん》した。

「あぁ？　なんだガキ共」

「ここは子供が来るような場所じゃ――――いや、ちょっと待て」

「ここって東門、だよな？」

「国の人間がやってくるとしたら、反対側の西門……」

「東門の方角から来たってことは、つまり……」

我々がどういう存在か、察しがついたらしい。

彼等は皆一様に、緊張《きんちょう》を顔に貼《は》り付《つ》けた。

そして戦闘態勢となるのだが……

我が力を前にしたならば。

闘争《とうそう》に臨《のぞ》む気概《きがい》も覚悟《かくご》も。あらゆる準備も。

全ては無駄事となる。

「皆様《みなさま》のお勤め、さぞや大変かと存じます。そんな貴方《あなた》達に長期休暇《きゅうか》をプレゼントいたしましょう」

そう述べると同時に、俺は攻撃魔法《こうげきまほう》を発動した。

下級の火属性魔法《フレア》の複数同時発動により、門兵をことごとく排除《はいじょ》。

彼等を戦闘不能に追い込んですぐ、俺は身体機能の強化魔法を用いて、巨大な門を蹴破《けやぶ》った。

豪快《ごうかい》な粉砕《ふんさい》音を轟《とどろ》かせ、出入り口を作ると、俺は皆を伴《ともな》って砦の内部へと踏み入った。

「な、なんだ、こいつら……!?」

「敵に決まってんだろ！」

「つーか、あの黒髪《くろかみ》の小僧《こぞう》、まさか」

「ア、アード・メテオールだッ！　人相書きとそっくりだぜッ！」

「アード・メテオールッ!?　ラーヴィルの死神じゃねぇかッ!?」

いや、ラーヴィルの死神て。こっちではそんなふうに呼ばれてるのか。

まぁ、間違《まちが》ってはいないがな。

実際のところ、俺は彼等にとっての死神、なのだから。

「怪我《けが》をしたくなければ、お下がりあれ。我々に刃向《はむ》かったところで無駄というもの」

それは兵士諸君も理解しているだろう。

さりとて、責務は果たさねばならぬもの。

懊悩《おうのう》しつつも、彼等は国家守護としての使命を果たすことを選んだらしい。

「あ、相手はガキだッ！　数も少ねぇッ！」

「取り囲んじまえば、俺達の勝ちだッ！」

「死神の首をとりゃあ、出世間違いなしだぜッ！」

自らを鼓舞《こぶ》して、襲《おそ》い来る男達。

そんな彼等を、俺達は迎撃《げいげき》する。

もっとも……

敵方の殲滅《せんめつ》は、俺の初手で完了してしまったのだが。

イリーナ達の出る幕など一切《いっさい》なかった。

敵方の人数分、《フレア》を同時発動。

これだけで、状況《じょうきょう》はするりと片付いた。

「バ、バケモノ、かッ……!?」

倒《たお》れ伏《ふ》した兵士の一人が、畏怖《いふ》の情を吐《は》いて、失神する。

彼等にしてみれば、俺は恐《おそ》ろしい怪物《かいぶつ》にしか見えないだろう。

だが、友の目には、別の映り方をしている。

「さっすが私のアード君っ！　絵に描《か》いたような瞬殺でしたわねっ！」

「えぇ、そうね！　あ・た・し・の！　アードは、やっぱり無敵よね！」

「むぅ〜！　一人で片付けちゃうなんてズルいのだわ！　アタシも暴れたいのだわ！」

皆、俺のことを恐れてはいない。

……やはり、友情を交《か》わした者達であれば、俺を拒絶《きょぜつ》するようなことはないのだ。

メガトリウムで学んだそれを、再び実感する。

ゆえに。

俺はもはや、自らの怪物性を発揮することに忌避《きひ》感を抱《いだ》くことはなかった。

国境を守護する砦を抜け、アサイラスの地へ本格的に踏み行ってから、数日。

王都への道中に存在する関所の数々を、俺は無遠慮《ぶえんりょ》に、容赦《ようしゃ》なく破っていった。

そして。

「ふはははははッ！　貴様がアード・メテオールかッ！　我が名はシュラルクッ！　オーク族最強の戦《せん》──しゃばぁあああああああああああああ!?」

風の魔法で自称《じしょう》最強を空の彼方《かなた》へと吹《ふ》っ飛《と》ばす。

これにて、最後の関所が破られた。

「あとはただ、直進するのみです。さすれば目的地たる首都へと到着するでしょう」

最後の関所を抜け、のどかな平野を皆と共に歩く。

日が暮れたなら、無理はせず、その日の移動を終了《しゅうりょう》する。

それから俺は、この数日間常にやってきたように、平野の只中にて宿舎を設営した。

そう、テントではない。

物質変換《へんかん》の魔法を用いて、簡単ではあるがしっかりとした家屋を創造。

各自の自室は当然のこと、トイレットルームやバスルーム、キッチンなどの設備も完璧《かんぺき》に揃《そろ》えてある。

当然ではあるが、こうした旅模様は非常識なものだ。

現代では長旅＝汗《あせ》や脂《あぶら》に塗《まみ》れ、不潔な状態を我慢《がまん》しながら行うもの、という認識である。

おおよその局面において、俺は現代の常識に当てはめながら行動する。無駄に周囲をざわめかせたくはないからだ。

しかし、友に不快な思いをさせたくないし、騒《さわ》ぐような者もいないので、俺はこの旅路において常識極《きわ》まりないことばかりしているのだった。

「今宵《こよい》のメニューは、ジンガル鶏《どり》の蒸し焼きにございます。特製のハーブソースと共にお召《め》し上がりください」

「ふぉおおおおおおおおおおっ！　美味《うま》いっ！　美味いのだわっ！」

「昨日、ミス・イリーナが振《ふ》る舞《ま》ってくださったお鍋《なべ》も素晴《すば》らしいものでしたけれど……やっぱり、アード君の手料理に勝《まさ》るものはありませんわねぇ」

「鶏肉の肉汁《にくじゅう》とハーブソースの絶妙《ぜつみょう》なハーモニー……！　もはや美味《おい》しいという言葉しか出てこないわ……！」

本日も皆に満足いただけたようでなによりである。

夕餉《ゆうげ》を終えて一休憩《ひときゅうけい》したあと、各自入浴を済ませ、汗や垢《あか》を落とす。

そして疲《つか》れを癒《い》やすべく就寝《しゅうしん》。

けれども俺だけは眠《ねむ》ることなく、探知の魔法による周辺警戒と、反魔法術式の解析作業を並行する。常人であれば数日睡眠《すいみん》を取らぬだけでまともに動けなくなってしまうが、俺はたとえ数十年眠らずとも完璧に動作出来る。

「……本日も、不気味なほど静かだな」

自室のベッドに腰掛《こしか》け、探知魔法で周辺状況を把握《はあく》しつつ、呟《つぶや》く。

旅路を始めて一週間近くが経過しているのだが、敵方の夜襲《やしゅう》はこれまで一度もなかった。

実行しても無駄と判断したからか？　はたまた……

この静かな時間にさえ、敵方の意図が隠《かく》れているのだろうか？

「どうにも気味が悪いな。此度《こたび》の一件には解明出来ていない謎《なぞ》が多過ぎる」

アサイラスを動かし、戦を始めたライザーの目的。

《魔族》を中心とする組織、《ラーズ・アル・グール》の思惑《おもわく》。

そして、まだ見ぬ黒幕の存在。

おそらくはアサイラス王都への到達と同時に、全《すべ》てが判明するのだろうと思う。

しかし……それでは遅《おそ》いのだ。事前に相手方の思考を把握し、策を講じねば、常に先手を打たれて窮地《きゅうち》に陥《おちい》ってしまう。

ゆえに俺は常時思考を巡《めぐ》らせ、敵の思惑を推測しているわけだが。

「わからん。これが《ラーズ・アル・グール》のみによる一件であれば、推測も容易《たやす》いが
……なぜ、ライザーまでそこに加わり、戦《いくさ》を起こすのだ？」

ライザー・ベルフェニックスの行動原理は常に、「子供達が笑って生きられる世界を作る」というものだ。

そのためならばいかなる悪辣《あくらつ》も辞さない。

そうした冷徹《れいてつ》さを有するライザーであるが……

一方で、もしも子供に危機が及《およ》ぶような可能性があるならば、そうした策を行うことは絶対にない。常時子供が最優先。ライザーとはそういう男だ。

だからこそ、戦を起こすという行いが不可解に感じる。

「国の大小を問わず、戦が起こった際に割を食うのは女子供といった弱者達だ。それがわからぬライザーではない。ゆえに、あの男が迂闊《うかつ》に戦を始めるわけがないのだ」

しかし、現実は違う。

奴《やつ》は《魔族》達と手を組み、まだ見ぬ黒幕と共にアサイラスを操《あやつ》って、ラーヴィルへ戦を仕《し》掛《か》けてきた。

「王都到達前になにがしかの答えを見出《みいだ》したいところだが……此度は場当たり的なものにならざるを得ぬ、か」

おそらく、自力で真実を掴《つか》むことは叶《かな》わぬだろう。

ならばもはや、目前の状況に対応し続けるといった、単純すぎる行動に徹《てっ》する他はない。

常々先を読み、先手を打ち続けるのが理想であるが……

出来ないなら出来ないと受け止めて、別の考えのもと動かねばならぬ。

「とにかく、最悪の事態を想定し、それを防ぐことのみを――」

自らに言い聞かせるように呟く、その最中。

室内に、ドアをノックする音が響《ひび》く。

「あたしだけど、入っていい？」

心地《ここち》の良いこの美声は、イリーナのものである。

俺は笑《え》みを浮《う》かべながら即応《そくおう》した。

「ええ、どうぞお入りください」

イリーナがドアを開けて、部屋に入ってくる。

薄手《うすで》のネグリジェ姿。

純白のそれは僅《わず》かに透《す》けて、彼女の豊かな胸や肉付きのいい太ももを晒《さら》している。

ちょっと目のやり場に困るような格好だが……無論、邪《よこしま》な感情など抱くことはない。

俺はいつものように微笑《びしょう》しながら、口を開いた。

「どうされました？　眠れないのですか？」

「うん。ちょっと、ね。アードとお話がしたくて」

どこか複雑げな表情でそう述べると、イリーナはベッドの上、俺の隣《となり》へと腰掛けた。

そして。

「……アードは、凄《すご》いよね。砦《とりで》も関所も、一人で難なく突破《とっぱ》しちゃってさ」

称賛《しょうさん》の言葉。

しかし、これまで数多く彼女が口にしてきたそれらとは違い……

イリーナの声音《こわね》にはどこか、卑屈《ひくつ》な色が宿っていた。

「全部、アードの活躍《かつやく》だった。あたしは……ただ、見てただけ。出る幕なんてこれっぽっちもなかった」

「……皆様《みなさま》の安全を守ることが、私の務め。そう考えたがために、イリーナさん達の負担を減らすべく動いたつもりでしたが。それが逆に、貴女《あなた》を不快にさせたのでしょうか？

腕《うで》を振るう機会がなくなったことに、不満を感じているのですか？」

イリーナは首を横に振った。妙《みょう》に、沈《しず》んだ様子で。

「ううん。そうじゃないの。別に、暴れたかったとか、そういうことじゃないの」

俯《うつむ》きながら紡《つむ》ぎ出されたその言葉は、酷《ひど》く淀《よど》んだものだった。

「……夏期休暇《きゅうか》に入って、久しぶりに二人きりになってさ。最初は嬉《うれ》しかったんだけど、でも、次第《しだい》に苦しくなった。……あたし、気付いちゃったの。アードのこと、ぜんぜん理解出来てなかったんだなって」

彼女のいわんとすることが、見えてこない。

だが俺はあえて追及《ついきゅう》せず、イリーナの思うがままに語らせることにした。

彼女がそのようにしたいと、願っているように見えたから。

「……エルザードに誘拐《ゆうかい》されたとき、アードは凄い力を見せて、あたしを助けてくれた。そのときのアードを見て、思ったの。この人には対等な存在が必要だって。対等の強さを持つ誰《だれ》かがいないと、この人はいつまでも孤独《こどく》なままだ、って。だから……あたしは今まで以上に、アードの隣へ並ぼうと努力するようになった」

そんなふうに、考えていたのか。

……彼女の思考は、完全に間違《まちが》っているというわけではない。

絶対的な強者ゆえ、俺に並ぶような者は古代にもそうはいなかった。

友と呼べる者達の中で肩《かた》を並べたのは、リディアぐらいなものだろう。

だからある意味、彼女だけが俺を真に理解出来る友だと、そう考えたこともある。

しかし……

肩を並べねば真の友とは呼べぬと、そのように考えたことは一度もない。

今回の夏期休暇で二人きりとなったことにより、イリーナはそこに気がついたのだろう。

「村で過ごして。山で遊んで。……アードはいつだって、楽しそうだった。でもそれは、あたしと一緒《いっしょ》に居るから、だけじゃない。アードの目はいつだって、休暇が終わった後の未来を見てた。学園の皆と過ごす未来を、見つめてた。……それであたし、思ったの。アードは自分より弱い相手でも、本気で友情を感じるんだって。並び立たなきゃ本物のお友達になれないなんて、あたしの勘違《かんちが》いでしかなかったんだって」

それは彼女にとって、今までの努力の意味を失うような結論だったのだろう。

イリーナは膝《ひざ》の上で、手をギュッと握《にぎ》りながら、言った。

「メガトリウムでの一件以降、アードは本当に、いい笑顔を見せるようになった。昔はあたしだけにしか見せなかった顔を、皆に見せるようになった。……自分の勘違いに気付いてから、そこがどうしても、気になって。それで、あたし……性格悪いと、思われちゃうかも、だけど……」

イリーナは俺から目を逸《そ》らしながら、唇《くちびる》を震《ふる》わせた。

「あたし、皆の中に入っていたくないの。アードの、特別になりたいの。アードが大切に思う大勢の一人じゃなくて。何よりも大事な存在に、なりたい。……村で一緒に過ごす中で、そんなふうに思うようになった」

……あぁ、そうか。

彼女のいわんとすることが、見えてきた。

そして、ここ最近の妙な言動についても、答えが見えた。

転移させられた森の中で、《魔族》と戦った後の反応。

俺が《竜人《りゅうじん》》を打倒《だとう》した後の反応。

彼女はこちらを称賛すると同時に、自らの力量のなさを責めていた。

そんな反応はイリーナらしからぬものだと、そう思っていたのだが。

俺にとっての一番になりたい、と。

特別な存在になりたい、と。

そのような思いが、らしからぬ言動の根源であったのか。

そしてそれは、メガトリウムでの一件が原因となっている。

……あの一件で、俺とイリーナは救いを得た。だが、俺は救いのみを与《あた》えられた半面、イリーナには新たな苦悩《くのう》が芽生えてしまったのか。

「アードの特別になりたい。だから、強くなりたい。アードに並ぶぐらい強くなれば……きっと特別になれるって、そう思ったから。でも……アードの活躍《かつやく》振《ぶ》りを見てると、どうしても思っちゃうの。アードに並ぶだなんて、無理なんだろうなって」

唇を引き結び、肩を落とすイリーナ。

その表情や声音に、俺は危《あや》うさを感じた。

……古代世界において、友となった男のことを思い出す。

彼は酷く真面目《まじめ》で、人格も良好な人間だったのだが……

とかく、思い詰《つ》めやすい人間だった。

俺と肩を並べて戦う中、彼は自らを「役立たず」と感じるようになり、それが我々の友情を破綻《はたん》させるのではないかと恐《おそ》れた。

それゆえに……彼は力に固執《こしゅう》し、暴走したのだ。

結果、禁忌《きんき》に触《ふ》れるようなことさえも行うようになり、狂気《きょうき》に呑《の》まれて。

俺が、自ら手を下すことになった。

……今のイリーナは、彼と同じ道を歩もうとしている。そんなふうに見える。

彼女自身もまた、自分が進む道に迷いを覚えているのだろう。

だから、俺のもとへやってきたのだ。

ならば……

軌道《きどう》修正を、してやらねばならぬ。

「イリーナさん。まず断言しておきましょう。貴女は誤った道を歩んでいる。このままではいずれ、貴女は力に固執するあまり、皆を傷付けることになるでしょう」

「…………」

彼女自身、その予感があったのだろう。

イリーナは何も言わず、暗い顔で俯くのみだった。

俺はそんな親友の肩に手を置きながら、言葉を続けていく。

「いいですか、イリーナさん。貴女が今、求めている力は人を傷付けるだけの凶器《きょうき》にしかなりえないものです。そんな力をどれだけ獲得《かくとく》しようとも、私はそれを善きものとは思いません。そして当然、特別視などありえない」

「………うん」

「私は常に、誰かを守りたいがために力を求めてきた。身に付けた能力の数々は、誰かを守るための道具だと、そのように捉《とら》えています。そう、私にとって強さとは、守護という目的を達するための道具に過ぎない。その道具がいかに優《すぐ》れていようとも、そこに興味を抱《いだ》くことはありません。ゆえに貴女がどれほど強くなっても、それを理由として特別視するようなことは絶対にない」

「………そう、だよね」

反省の色を瞳《ひとみ》に宿し始めた彼女に、俺は小さく頷《うなず》いて、さらに言葉を続けていく。

「どれだけの力を有するかではなく、その力をどのように使うのか。私が興味を抱くのはその一点のみです。そして……イリーナさん。これまでの貴女は、自らの力を実に正しく、尊いことに使い続けてきた。シルフィーさんが暴走したときや、古代に飛ばされたとき。修学旅行やメガトリウムでの一件のときもそう。貴女は常に、誰かのために力を使ってきた。そうだからこそ、貴女は私にとって素晴《すば》らしい友であり──」

俺はイリーナを見つめながら、力強く、断言する。

「何よりも特別な、存在なのです」

この言葉に、彼女は面《おもて》を上げた。

その瞳は見開かれ、唇は僅かに震えている。

「特別な、存在？」

「ええ。友人関係にある方々に対し格付けなど、決してしてはならぬこと、ですが。それでもあえて行うとしたなら……イリーナさん、貴女は間違いなく、私にとって一番の親友です」

彼女の肩に置いていた手を、彼女が握っていた拳《こぶし》へと移す。

そして彼女の手を包み込むようにしながら、俺は口を開いた。

「幼い頃《ころ》、村で友人が出来ず、苦悩していた私の前に、貴女が現れてくれた。友になってくれると、おっしゃってくれた。それが私にとってどれほどの救いだったか。イリーナさん、貴女がいなければ今日の私は存在しません。貴女はこのアード・メテオールにとって初の友人であり……生涯《しょうがい》でただ一人の、特別な存在なのです」

これはきっと、彼女が求めてやまぬ言葉であろう。

だが、おべっかではない。

彼女の心を正しい方向へ導かんと、適当なことを言ったわけでもない。

俺が口にした内容は、正真正銘《しょうしんしょうめい》の本心だ。

その思いが、彼女の心に届いたのだろう。

イリーナはどこか、気恥《きは》ずかしそうに微笑《ほほえ》んで、

「特別。そっか。あたし、特別だったんだ。……ふふっ」

ほんのりと頬《ほお》を紅《あか》く染める様は、この世のものとは思えぬほど愛らしく……

まさに、イリーナちゃんマジ可愛《かわい》いと、そう言わざるを得ぬ御姿《おすがた》であった。

それから彼女とは、他愛《たわい》のない雑談を交《か》わして。

眠《ねむ》くなったのか、俺のベッドの上で横になったイリーナが、すぐに寝息《ねいき》を立て始める。

あどけない寝姿。その頬にそっと触れながら、俺は小さく微笑んだ。

「貴女の苦悩は、相手を真に友として認めるがゆえのもの。誤った道を進みつつあったことには、危うさを感じたが……しかし同時に、嬉しくもあったよ」

そして俺は、瞳を細めながら、呟《つぶや》く。

「貴女に会えて、本当によかった」

◇◆◇

空が明るみ始めた頃。イリーナの心にもまた、朝がやってきたのだろう。

目覚めた彼女はすっかりいつも通りで、快活な様子を見せてくれた。

そして俺達は一路、西へ向かう。

不気味な静かさを感じながら、慎重《しんちょう》に。

そうした道程を経《へ》て――

我々は、目的地へと到着《とうちゃく》した。

アサイラス連邦《れんぽう》の首都、ハール・シ・パール。平野の只中《ただなか》にデンと構えた巨大《きょだい》都市は、堅牢《けんろう》な壁《かべ》と門、そして多くの番兵によって外部からの侵略《しんりゃく》を防いでいる。

……結局、ここまで一度も襲撃《しゅうげき》がなかった。

俺達の動向は相手方とて把握《はあく》しているだろう。

にもかかわらず、刺客《しかく》や大軍を送り込むといったことはしてこなかった。

まるで、俺達の動きを歓迎《かんげい》するかのような対応である。

そこが実に不気味でならないが、しかし、もはや我々は前に進むほかない。

門前にて。

多くの民間人が通行許可を貰《もら》うべく並ぶ姿を見つめながら。

俺は皆《みな》に声をかけた。

「よろしいですか、皆さん。ここからは何が起きてもおかしくはありません。気を引き締《し》めて参りましょう」

イリーナ、ジニー、シルフィーの三人は、精悍《せいかん》な顔を見せながら頷いた。

俺も一つ、小さく頷くと……

民間人による行列の横を通り、巨大な門へと近づいていく。

そうしていると必然、番兵達がこちらに気付き――

「ッ！　き、貴様等ッ！」

「死神とその仲間かッ！」

まぁ、想定通りの結果になったので。

「申し訳ございませんが、押し通らせていただく」

事前に決めておいた通りに行動する。

まず、民間人に害が及《およ》ばぬよう彼等の身を防御《ぼうぎょ》魔法、《ウォール》で覆《おお》う。

それからすぐ、番兵およそ六〇人に対し人数分の《フレア》を発動。

行く手を阻《はば》む者達を一瞬《いっしゅん》にして撃滅《げきめつ》する。

「さぁ、皆さん。話を付けに参りましょう」

イリーナ達を引き連れて、俺はハール・シ・パールへと入った。

門前の騒動《そうどう》により、都市の入り口付近を行き交《か》う民間人は、総じて我々に畏怖《いふ》の目を向けている。

そうした視線を浴びながら、大通りを進んでいく。

と――

「白昼堂々、少数でやってくるとはッ！」

「ここは敵地のド真ん中だぞ、間抜《まぬ》けがッ！」

警邏《けいら》隊と思《おぼ》しき戦士達が、続々と押し寄せてくる。

物量にて我々を押《お》し潰《つぶ》さんという、そんな思惑《おもわく》を感じるが――

「数の暴力など、私達にはなんの意味も為《な》さない」

絶対的な戦闘《せんとう》能力の差というものを、敵方は思い知ることになった。

迫《せま》る戦士のことごとくを、下級の属性魔法《まほう》で瞬時に打ち倒《たお》していく。

「あたし達の出る幕はなさそうね」

「ええ。さすがアード君、数的不利な状況《じょうきょう》でも安心、ですわね」

「もうっ！　アードばっかズルいのだわっ！　アタシも暴れたいっ！」

皆の声を耳に入れつつ、敵方を薙《な》ぎ倒しながら、大通りを行く。

戦士達は絶え間なく現れ、襲《おそ》いかかってくるが、なんら脅威《きょうい》にはならなかった。

ゆえにイリーナ達の顔からは緊張感《きんちょうかん》が抜けまくっており、まるで観光気分といった様子で周囲を見回していた。

「それにしても、街並みが独特よね。まさに異国の光景って感じ」

「木造建築が大半で、レンガ造りが少ない。そこらへんはラーヴィルと真逆ですわね」

「服装も全体的に薄着《うすぎ》で、ザ・蛮族《ばんぞく》って感じだわ」

「……皆さん、余裕綽々《よゆうしゃくしゃく》だからといって、油断なさらぬよう」

肩《かた》を竦《すく》めつつ、掃除《そうじ》と進行を同時に行う。

その果てに、我々は王城の目前へと到達《とうたつ》した。

通常、この場にこそ最大限の防衛網《もう》を張るべき、なのだが。

「……ふむ。守護者ゼロ、ですか」

城の門前に到達すると同時に、人気が一気に消失した。

門を守る番兵が一人もいない……どころか、そもそも侵入《しんにゅう》を防ぐための門が今、堂々と開かれている。

「まるで我々を歓迎するかのような有様、ですわね」

「罠《わな》の匂《にお》いがプンプンするのだわ」

「けれど、進むしかない。そうでしょ？　アード」

イリーナの問いに、俺は首肯《しゅこう》を返した。

「……此度《こたび》の一件もこれにて大詰《おおづ》め。さて、何が待ち受けているのやら」

油断なく周囲を警戒《けいかい》しながら、皆と共に門を潜《くぐ》る。

そして堀の上に架《か》けられた橋を渡《わた》り、広々とした庭へ入った。

そのまま真《ま》っ直《す》ぐに進み、もっとも大型の建造物へと足を踏《ふ》み入れる。

……酷《ひど》く、静かだった。

何者も、我々の目前に姿を現さない。

「なんか、ホントに不気味ね」

「派手な歓迎があるものと、予想していたのですけど」

「でも、無人ってわけじゃなさそうだわ」

シルフィーの言う通りだ。

さっきから探知の魔法で周囲を警戒し続けているのだが、文官・武官問わず、多くの者達が城の中に存在する。

しかし彼等は室内に閉じこもっていて、微動《びどう》だにしない。

まるで邪魔者《じやまもの》にならぬよう、気を遣《つか》っているかのようだ。

あるいは……何者かの手によって、行動を操《あやつ》られているといった印象を受ける。

「気味の悪い状況ではありますが、とりあえず、目的の人物のご尊顔を拝見いたしましょうか」

探知の魔法が示す反応を頼《たよ》りに、建物の中を進んでいく。

そして我々は、開けた場へと足を踏み入れた。

床《ゆか》には紅《あか》い豪奢《ごうしや》な絨毯《じゆうたん》が敷《し》き詰《つ》められ、部屋の奥には玉座がある。

その玉座は王の威光《いこう》を示すかのように、煌びやかな宝石で彩《いろど》られており――

今、一人の男が、そこへ腰《こし》を下ろしていた。

緑色の肌《はだ》を有するオーク族の男。

エルフとのハーフゆえか、一種独特の顔立ちをしている、若き王。

ドレッド・ベン・ハーが頬杖《ほおづえ》をつきながら、こちらを見つめていた。

「……五大国会議以来、ですね」

瞳《ひとみ》を細めながら、相手方を見据《みす》える。

と、ドレッドは口元を歪《ゆが》め、笑みの形を作って、

「うっふふふ！　ようこそ、アード君！　そしてそのお仲間達！　のこのこやって来てくれてありがとう！　笑っちゃうぐらいこっちの思惑通りだったよ！」

玉座の背もたれに体重を預けながら、歪んだ笑みを深めていくドレッド。

その顔には。その目には。明らかな敵意が宿っている。

「……一応、言っておきましょうか。今すぐ降伏《こうふく》し、ラーヴィルから手を引きなさい。今なら賠償《ばいしょう》金請求《せいきゅう》のみで済ませて差し上げます。さもなくば」

「どうしてくれるのかなぁ？」

「貴方《あなた》を始め、主要な為政者《いせいしゃ》ことごとくの首を、刎《は》ねることになります」

降伏せぬと言うなら仕方がない。

価値のない命は取りたくないが、ことを収めるには敵方の首が必要だ。

戦《いくさ》を終わらせるためならば、どのような汚《よご》れ仕事もこなす。

そうした意思は相手方にも伝わっていよう。

だが、それでも、ドレッドは笑みを浮《う》かべ続けていた。

狂気《きょうき》と、そして――

憎悪《ぞうお》を宿した笑みを、浮かべ続けていた。

「へりくだっているようでいて、実のところ常に上から目線。そういうところ、ぜんっぜ、ん変わってないねぇ、アード君」

まるで、以前から俺を見知っているかのような口ぶり。

そこに疑問を覚えた瞬間《しゅんかん》――

ドレッドの全身から、殺気が迸《ほとばし》った。

「っ……！　こ、この感じはっ……！」

「ま、まさかっ……！」

冷《ひ》や汗《あせ》を流す、イリーナとジニー。

彼女等は、この殺気に覚えがあるのだろう。

そして――

俺もまた、この感覚に覚えがある。

「なるほど。そういうことでしたか」

目を細めながら、ドレッドの姿を見据える。

そうしながら、俺はさらに言葉を続けた。

「なにゆえ《竜人《りゅうじん》》族が、アサイラスに加担していたのか。その理由と……まだ見ぬ黒幕の正体。全て、把握させていただきました」

此度の一件、ライザーと《魔族》達、そしてもう一人の黒幕によるものと、そう思っていた。

ドレッドはただ操られているだけに過ぎないと、そのように考えていたのだ。

しかし、それは違《ちが》った。

まだ見ぬ黒幕と、ドレッドは、同一人物だったのだ。

「およそ五カ月ぶりといったところでしょうか。どうやら傷は癒えたようですね」

肌をひりつかせるような殺気を浴びながら。

俺は、相手方の真名を口にする。

「此度の一件、以前のリベンジと言ったところでしょうか？　――――エルザードさん」

刹那《せつな》。

ドレッドの全身を、黄金《こがね》色の幾何学《きかがく》模様が覆い尽《つ》くし――

数瞬後、オーク族の男が、美しい女へと変化を遂《と》げた。

床まで届くほど長い白金色の髪《かみ》。

身に纏《まと》うは純白のドレス。

その容姿はまさに絶世の美貌《びぼう》。

そうした姿を晒《さら》し、黄金色の瞳をこちらに向けながら、彼女は微笑《びしょう》する。

「また会えて嬉《うれ》しいよ、アード君。そして、イリーナ君も。……そっちの子は確か、ジニー君、だっけ？　もう一人は見知らぬ女の子だけど、まぁいいや」

ニコニコと、フレンドリーな笑みを浮かべる美女。

だが、その目に宿る殺意は激烈《げきれつ》なものだった。

「……ねぇ、アード。誰《だれ》なのだわ？　こいつ」

「狂龍王《きょうりゅうおう》・エルザード。以前、イリーナさんを誘拐《ゆうかい》し、恐《おそ》ろしい目に遭《あ》わせた不届き者の一人です」

あれからもう五カ月、か。

ともあれ、《竜人》族がアサイラスに加担していたのは、こいつが関与《かんよ》していたからだろう。

そうしたことを考えつつ、俺はエルザードへ問いを投げた。

「……いつから、入れ替《か》わっていたのですか？」

「五大国会議のときからずっとさ」

なるほど。

会議の際、ドレッドが異様な殺気を向けてきたことを疑問に思っていたのだが、その理由が明らかになったというわけだ。

「ちなみに、本物のドレッド王は？」

「以前と同じだよ。ジェシカ君と同様、既《すで》にこの世にはいない」

ジェシカというのは、かつてエルザードが化けていた女講師の名前である。

そして、ドレッドがこの世にいないということは、つまり。

停戦を呼びかけるべき相手はもはや、どこにもいないということ。

となれば——

「やれやれ。やはり、敵方の首が必要ですか」

戦を仕掛《しか》けた首謀者《しゅぼうしゃ》達の首を、ことごとく討ち取る。

そうしなければ、もはや此度の一件は終わらない。

「とはいえ。一応、言っておきましょうか。今ならまだ引き返せますよ？　ドレッド王として降伏宣言をなさい。さすれば、命だけは——」

と、言葉を紡《つむ》ぐ最中のことだった。

なんの脈絡《みゃくらく》もなく、唐突《とうとつ》に。

こちらの足下《あしもと》が、煌《きら》めきを放つ。

蒼《あお》い魔《ま》法陣《ほうじん》。

これは——

《魔族》が用いる、専用の魔法言語によるもの。

その術式内容を察した、次の瞬間。

視界が暗転する。

……抜《ぬ》かった。

転移と飛行の魔法を封《ふう》じる、反魔法術式が展開されているがゆえに、相手方もまたそれを用いることはないと、そうした思い込みがあった。

そこを突《つ》かれた形となる。

俺は何者かの手によって、王城から別の場所へと転移させられた。

そこは、暗雲立ちこめる荒野《こうや》。

草の一本さえ生えぬ不毛の平野が、どこまでも広がる場所。

古代より続く、再生不可能なこの地方一帯を、人は滅亡《めつぼう》の大地と呼ぶ。

かつて俺が《邪神《じゃしん》》達と争いを繰《く》り広げた場所であり……

古代に飛ばされた際、もう一人の自分を討った場所でもある。

そんな因縁《いんねん》に満ちた空間の只中《ただなか》にて。

俺は、奴《やつ》と対面した。

「……やはり貴様もまた、関わっていたか」

スラリとした長身に燕尾服《えんびふく》を纏《まと》い、長い黒髪《くろかみ》を馬尾《ばび》状に結んで垂らしている。

その面貌《めんぼう》は道化《どうけ》じみた仮面で隠《かく》されており、正体が判然としない。

仮面の某《なにがし》。

名も性別も、経歴も不明な《魔族》の一人。

《ラーズ・アル・グール》の幹部と思《おぼ》しき存在。

彼は相も変わらず、どこか芝居《しばい》じみた語り口調で言葉を紡ぎ始めた。

「人間には相応《ふさわ》しい場所というものがある。踊《おど》り子《こ》にはダンスホール。演説家には展望台。道化には人々が行き交《か》う往来。そして吾《われ》と貴公には、この場こそがもっとも相応しい。この滅亡の大地はまさに、我々が歩んできた人生を表している。貴公もそう思――」

奴がベラベラと喋《しゃべ》る中。

俺は一切《いっさい》の容赦《ようしゃ》なく、攻撃《こうげき》魔法を打ち込んだ。

火、水、土、風、雷《かみなり》。それら五大属性の上級魔法を、雨あられと降らせていく。

猛烈《もうれつ》な攻勢は、滅亡の大地に新たなクレーターを形成するに至ったが……

その中心にて。

仮面の某は、平然とした様相で立ち続けていた。

「ふはん。前口上ぐらい静かに聞いてはくれまいか。貴公の気持ちも、わからんではないが、こちらとしては久方ぶりの――」

再び、俺は属性魔法をこれでもかと繰り出した。

けれどもやはり、仮面の某は無傷のまま。

……なんとも腹立たしい。

今すぐイリーナ達のもとへ戻《もど》らねばならぬというのに。

「ふははん。それほど友が恋《こい》しいか。実に妬《ねた》ましいことだ。貴公の寵愛《ちょうあい》を受けるだなんて、どれほどの名誉《めいよ》であろう。……だからこそ」

そのとき、仮面の向こう側にある顔が、笑《え》みを浮かべたように思えた。

「だからこそ、我が《魔王》よ。吾は貴公の邪魔《じゃま》をする」

きっとその笑みは、邪悪に満ち満ちたものだろう。

実に、腹立たしいものだろう。

そんな顔面を消し飛ばしてやるべく、俺は再び魔法を発動するのだが。

激烈な猛攻《もうこう》の末に発生した土煙《つちけむり》が晴れる頃《ころ》。

やはり、敵方は平然とした姿で佇立《ちょりつ》し、そして。

「吾を倒《たお》さねば、友のもとに駆《か》けつけることは出来ない。それは即《すなわ》ち――」

楽しそうに、面白《おもしろ》そうに。

仮面の某は、不愉快《ふゆかい》な宣言を行うのだった。

「友とはもはや、永遠に会えぬ。そう思ってくれたまえ」

第八一話　元・《魔王》様の友人、終焉《しゅうえん》へと向かう

一〇年や二〇年生きていれば、誰にだって最悪な思い出というものがあるだろう。

イリーナにとってのそれが今、目前に立っている。

「事前に伝えておくよ。今回は誘拐が目的じゃない。むしろ、キミ達を殺すのがボクの目的だ。グロテスクなオブジェに変わったキミ達を見たとき、アード君はどんな顔をしてくれるのかなぁ。ふふっ、楽しみで仕方がないよ」

うっすらと笑《え》みを浮《う》かべる、絶世の美女。

されどその外観に反し、内面はあまりにも邪悪。

狂龍王・エルザード。

神話に名を刻む怪物《かいぶつ》であり、一度世界を滅亡寸前まで追い込んだ伝説のドラゴン。

その規格外な力量は、イリーナの心身に刻みこまれている。

そして、それはジニーにしても同じことだった。

「……数カ月前のことを、思い出しますわね。あのときも似たような状況《じょうきょう》でした」

そう。ジニーもまた、エルザードと対峙《たいじ》した人間の一人。

イリーナが誘拐されるという寸前、渾身《こんしん》の魔法を叩《たた》き付けたが、なんの効果もなく……

おそらく、彼女の人生でもっとも大きな無力感を味わわせた相手。

イリーナにとっても、ジニーにとっても、大きな影響《えいきょう》を与《あた》えた難敵。

だが……

エルザードに対峙する三人のうち、唯一《ゆいいつ》、シルフィーだけは平然とした様子であった。

彼女は黄金の聖剣《せいけん》・デミス＝アルギスを肩《かた》に担ぎ、

「狂龍王ってあだ名からして、ドラゴンよね？　それなら一時期倒しまくってたから、得意な相手だわ」

大胆不敵《だいたんふてき》に言い放った、その矢先。

シルフィーの姿が消失する。

あまりに速い踏《ふ》みこみゆえ、イリーナとジニーの目にはそのように映ったのだ。

そしてシルフィーは紅《あか》い髪《かみ》をなびかせながら、敵方へとほんの一瞬《いっしゅん》で肉迫《にくはく》し——

「だわッ！」

裂帛《れっぱく》の気合いと共に、袈裟《けさ》懸《が》けの一撃を見舞《みま》った。

獰猛《どうもう》でありながらも、冷徹《れいてつ》に相手の急所を狙《ねら》った斬閃《ざんせん》。

常人であれば斬《き》られたことにさえ気付かぬであろう神速の一撃は、しかし、エルザードにとってなんら脅威《きょうい》でなかったらしい。

彼女は無造作に右手を動かし、シルフィーの斬撃を受け止めてみせた。

瞬間、凄《すさ》まじい轟音《ごうおん》が耳朶《じだ》を叩き、発生した衝撃波《しょうげきは》が突風《とっぷう》となって、謁見《えっけん》の間に飾《かざ》られた装飾《そうしょく》品の数々を壁際《かべぎわ》へと吹《ふ》き飛ばす。

「……へぇ。この剣、並大抵《なみたいてい》のものじゃないね」

黄金色の刀身を受け止めた、エルザードの右手の甲《こう》から、紅い滴《しずく》が流れ落ちる。

「そういえば、アード君の取り巻きに古代の戦士がいるとか、そんな話を聞いた覚えがあるな。どうでもよかったから今まで忘れてたけど……キミが件《くだん》の人物だったというわけだ」

「ええ、その通りッ！　《激動の勇者》、シルフィー・メルヘヴンッ！　この名前を抱《だ》いて、冥府《めいふ》に昇《のぼ》るがいいのだわッ！」

戦闘《せんとう》意思を爆裂《ばくれつ》させながら、疾風迅雷《しっぷうじんらい》の連撃を繰り出す。

その猛攻を、エルザードは両手で捌《さば》きながら、僅《わず》かに目を瞠《みは》った。

「なるほど。勇者を騙《かた》る子供、ってわけじゃなさそうだな。特殊《とくしゅ》な剣に、桁外《けたはず》れの技術。キミがあのシルフィー・メルヘヴンか。ボクよりも二世代前の同族から、キミの逸話《いつわ》は良く聞かされてたよ。単独で竜《りゅう》の巣に吶喊《とっかん》して、千を超《こ》える我等が同胞《どうほう》を殲滅《せんめつ》した少女。まさかまさか、本人に会うことが出来るだなんてね」

喋る最中も、シルフィーによる攻勢は続行されており……

秒を刻む毎《ごと》に、その激しさは増していく。

「……勇者の称号《しょうごう》を持つ少女に、聖剣まで加わるとなると、かなり厄介《やっかい》だねぇ。神話に名前を刻むわけだ」

デミス＝アルギスの刀身を防ぐエルザードの両手は、もはやボロボロだった。

再生能力が追いつかない。回復と同時に新たな裂傷《れっしょう》が生まれ、鮮血《せんけつ》を周囲に飛び散らせている。

傍《はた》から見れば、完全に防戦一方といったエルザード。

そうした様子に、イリーナとジニーは冷《ひ》や汗《あせ》を流した。

「い、いつもお馬鹿《ばか》なことばかりしてるから、忘れてたけど……！」

「ミス・シルフィーの力量、やはり規格外、ですわね……！」

あどけない可憐《かれん》な外見と、馴染《なじ》みやすい性格ゆえ、失念しやすいが。

シルフィー・メルヘヴンは《激動の勇者》という異名をとる、伝説の大人物である。

地方によってはその存在は神格化されており、《魔王》や四天王と同じように崇拝《すうはい》されてもいる。

普段《ふだん》こそ周囲を騒然《そうぜん》とさせる大馬鹿者だが……こうした状況となれば、彼女がなにゆえ神話に名を刻んだのか、よく理解出来る。

ただただ強い。

その圧倒《あっとう》的な天性と、若くして古代の戦場を生き延びたという経験。

そこに加え、《邪神》の一柱より勝ち取った聖剣・デミス＝アルギスを有する彼女は、まさに伝説の英雄《えいゆう》以外のなにものでもない。

しかし――

今、彼女が猛攻を仕掛《しか》けている相手もまた、伝説の中の伝説。

さしものシルフィーも、単独では決定打に欠けるといった印象であった。

それを察したイリーナとジニーは、お互《たが》いに顔を見合わせ、

「あたし達にだって……！」

「ミス・シルフィーの援護《えんご》ぐらいは、出来ますわね……！」

畏怖《いふ》を抑《おさ》え込みながら、頷《うなず》き合う。

そして二人は、かつてアードから贈《おく》られた、彼手製の魔装具《まそうぐ》を召喚《しょうかん》する。

瞬間、二人の意思に応じて、異界より二種の武具が現れた。

互いの手元に喚《よ》び出されたのは、一本の槍《やり》。ジニーが有するそれの穂先《ほさき》は紅く、イリーナのそれは蒼《あお》い。

また、槍の顕現《けんげん》と同時に、その穂先と同色の脚甲《きやつこう》が二人の両足を覆《おお》う。

任意で特殊な攻撃《こうげき》を放つ武器と、常時身体機能を高めてくれる脚甲。

これらが揃《そろ》うことで、二人は古代世界の戦士並に戦えるようになる。

「加勢するわよ、シルフィーッ！」

「なんとか隙《すき》を作りますッ！　そこを突《つ》いてくださいましッ！」

《激動の勇者》が見せる雄姿《ゆうし》に、二人は助けられていた。

シルフィーがいればなんとかなる。

自分達だけでは無理だが、彼女が加われば、あの恐《おそ》ろしい化物を倒せるかもしれない。

そんな希望が畏怖を取り除き、戦いに臨《のぞ》む勇気を与えていた。

ゆえにイリーナとジニーは槍を構え、勇敢《ゆうかん》に突撃《とつげき》する。

そして、シルフィーが嵐《あらし》のような猛攻をかける中、二人は横やりを入れる形で突きを繰《く》り出した。

「おっと、危ない」

後方へ跳躍《ちようやく》し、距離《きより》をとるエルザード。

彼女はイリーナとジニーの姿を見やりながら、唇《くちびる》に笑みを宿らせた。

「ほう。聖剣には劣《おと》るけれど、なかなか強力な魔装具だね。彼の手製といったところかな？」

三対一。それでも悠然《ゆうぜん》とした態度を崩《くず》さぬエルザードに、僅かな畏怖を覚えるイリーナだが、頭を横に振《ふ》ってそれを掻《か》き消すと、

「あんたなんかッ！　あたし達の敵じゃないわッ！」

闘志《とうし》を昂《たかぶ》らせ、踏み込んでいく。

そして、突きを連発。

さすがにシルフィーの斬撃には劣るからか、エルザードは涼《すず》しげな顔をしながら、ひょいひょいと華麗《かれい》に躱《かわ》していく。

だが、それは想定の範疇《はんちゅう》。

エルザードがイリーナの動きに集中した瞬間を狙って、ジニーが動く。

「《ライズ・バースト》ッ！」

叫《さけ》びに合わせて、イリーナがその場より後方へと跳躍。

刹那《せつな》、エルザードの足下《あしもと》に巨大《きょだい》な魔法陣《じん》が展開し――

数瞬後、無数の白雷《はくらい》が天に向かって走った。

「う、あ……？」

ジニーに贈られた紅い槍は、任意で雷撃《らいげき》を放つことが出来る。

その一撃は高威力《こういりょく》なだけでなく、相手方の全身を痺《しび》れさせ、動作を停止させる効果を併《あわ》せ持っていた。

「今よ、シルフィーッ！」

「がってん承知ッ！」

待機していたシルフィーが、ここぞとばかりに獰猛な踏みこみを見せた。

まるで獣《けもの》が牙《きば》を剝《む》くように、食いしばった歯を見せながら突撃し、そして。

「だわぁあああああああああああああッ！」

絶叫《ぜっきょう》と共に、渾身の一撃を見舞う。

袈裟懸けの斬閃。

それは身動きを停止させたエルザードを見事に捉《とら》え、左の鎖骨《さこつ》から右の脇腹《わきばら》までを、深々と斬り裂《さ》いた。

「や、やったッ！」

「あの狂龍王《きょうりゅうおう》を、私達だけでッ……！」

勝利の確信が、歓喜《かんき》と安堵《あんど》をもたらす。

爆発的《ばくはつ》なそれが、二人の表情をこのうえなく明るいものにさせたのだが、しかし。

「……！　二人とも、警戒《けいかい》を解くのは早いのだわッ！　まだ終わってないッ！」

神妙《しんみょう》な顔で叫びつつ、彼女は弾《はじ》かれたように、敵方から距離をとった。

その鋭《するど》い眼光が見据《みす》えるは、胴《どう》に深手を負い、大量の鮮血を垂れ流すエルザードの姿。

まさに満身創痍《まんしんそうい》。あと一押しで絶命という、詰《つ》みの形である。

が、そうであるにもかかわらず、エルザードは笑みを浮かべていた。

悠然と、まるで勝ち誇《ほこ》っているかのように。

そんな顔でイリーナとジニーを交互《こうご》に見やりながら、彼女は口を開いた。

「ふふ。やっぱり、人間は成長が早いな。たかだか数カ月しか経《た》っていないというのに、息がピッタリじゃないか」

絶対的な高みから見下ろすような調子で紡《つむ》がれた、褒《ほ》め言葉。

それをイリーナは、強がりだと思った。

思い込もうとした。

ジニーにしても同様である。

ピンチゆえに、あえて気丈《きじょう》な態度を取るのだと。

エルザードの言動は、敗北寸前の人間が見せる、ありがちなものだと。

そのように思い込んだ。

しかし。

「きっと魔法《まほう》の腕前《うでまえ》も上がっているんだろうね。メンタルもだいぶ成長したようだ。元・講師として、実に嬉《うれ》しいよ。そのご褒美《ほうび》として――」

次の瞬間《しゅんかん》。

イリーナとジニーは、思い知ることになる。

自分達の考えが、希望的観測でしかなかったことを。

「今からキミ達に、本当の絶望というものを教えてあげよう」

宣言と同時に、エルザードの姿が変異する。

見るからに深手といった裂傷が見る見る間に癒《い》えていき、それに合わせて、彼女の素肌《すはだ》が一部、白金色の鱗《うろこ》に覆われていく。

次いで、側頭部から捻《ねじ》れた角が伸《の》び、口端《こうたん》が耳まで裂け、歯や爪《つめ》が鋭い刃《は》のような形状へと変化。

半人半竜といったその姿には、イリーナもジニーも見覚えがある。

だが――

敵方の全身から放たれるプレッシャーは、当時の比ではなかった。

「アード君に屈辱《くつじょく》を味わわされた後、ボクも生まれて始めて、努力というものを積み重ねたのさ。あの一件がなければ、一生経験することもなかったろうね。最強のドラゴンであるボクが、強くなるために自分を鍛《きた》えるだなんて。けれどその結果──」

エルザードの全身が発光する。

イリーナとジニーが認識出来たのは、それだけだった。

眩《まばゆ》い、黄金色の煌《きら》めき。

その脅威《きょうい》を、二人は理解することが出来なかった。

半面、シルフィーは《激動の勇者》の面目躍如《めんもくやくじょ》といったところか、一瞬にして危機を察し、半ば本能的に防御《ぼうぎょ》魔法を発動。

強固な防壁《ぼうへき》が三人の少女を覆う。

そして──

桁外《けたはず》れな、破壊《はかい》の嵐が襲《おそ》い来る。

猛烈《もうれつ》な光と衝撃《しょうげき》が絶え間なく続き、鼓膜《こまく》を破らんばかりの轟音《ごうおん》が脳を揺《ゆ》らす。

「くッ……！　むちゃくちゃ、だわねッ……！」

シルフィーの口から苦悶《くもん》が漏《も》れる。

その後もしばらく破壊の嵐は続き……

それが過ぎ去り、平穏《へいおん》が戻《もど》った頃《ころ》、周囲の環境《かんきょう》があまりにも変わり果てていた。

豪奢《ごうしゃ》な謁見《えっけん》の間は、もはや原形がない。

そもそも城という概念《がいねん》が庭ごと消えている。

広大な王城と、それを守る堀や壁《かべ》、門……そして、そこに居た人々。

全ての要素が綺麗《きれい》さっぱり消え失《う》せて。

都市の只中《ただなか》に、巨大な穴を穿《うが》っていた。

「なによ、この力……!?」

穴の中心部にて、イリーナが呆然《ぼうぜん》と呟《つぶや》く。

そんな彼女を嘲笑《あざわら》うように見つめながら、エルザードが大きく裂けた口を開いた。

「かつてのボクは、真の姿にならなければ一〇〇%の実力を出せなかった。でも、今は違《ちが》う。今のボクはこの姿の方が強い。そして当然、基本的なパワーもまた、あの頃よりも数倍は高くなってる。それがどういうことか、理解出来るかな？　イリーナ君」

黄金色《こがね》の瞳《ひとみ》で見据えられ、イリーナは全身を竦《すく》ませた。

ジニーも同様である。

相手方の圧倒《あっとう》的な威容《いよう》に、ただただ体を震《ふる》わせていた。

そして、シルフィーにしても。

脂汗《あぶらあせ》を流し、聖剣《せいけん》を握《にぎ》り締《し》めながら、彼女はポツリと声を漏らす。

「イリーナ姐《ねえ》さん。ジニー。アタシが時間を稼《かせ》ぐのだわ。その間に逃《に》げてちょうだい」

もはやこれしか、打つ手はないのだと。

シルフィーの声音《こわね》には、悲痛なまでの決意と覚悟《かくご》が宿っていた。

「逃げて、逃げて、逃げ延《の》びて。アードと合流するのだわ。そうすれば安心よ。アードが二人を守ってくれるから……！」

そこまで話すと、シルフィーは大きく深呼吸して、

「勇者の称号《しょうごう》は伊達《だて》じゃないってことッ！　アンタに教えてやるのだわッ！」

勇ましく、エルザードへ向かって直進する。

迷いも恐怖《きょうふ》もない。

ただただ己の意思を貫《つらぬ》くのみ。

自らを犠牲《ぎせい》に、友を逃がす。

そんな彼女の覚悟は、しかし――

「通じないよ。何もかも」

エルザードは不動の体勢を保った。

シルフィーが肉迫《にくはく》し、聖剣を大上段から振り下ろしてもなお、微動《びどう》だにしない。
やがて鋭い刀身がエルザードの頭頂部へと殺到《さっとう》し、直撃するのだが。
瞬間。金属同士が衝突《しょうとつ》したような、激しい音が鳴り響《ひび》き——
「ぐッ……！」
シルフィーの斬撃《ざんげき》が、跳《は》ね返されてしまった。
彼女は大きく仰け反り、痺れた手元を見つめながら、歯噛《はが》みする。
「まだ、まだぁッ！」
連撃を繰り出すが、結果は同じ。
そのことごとくが跳ね返され、エルザードの薄皮《うすかわ》一枚、斬《き》ることが出来なかった。
それでもシルフィーは諦《あきら》めることなく、猛然《もうぜん》と聖剣を繰り出していく。
全《すべ》ては、時間を稼ぐため。
二人の友を逃がすため。
だが……
そんな彼女の意思を知りながらも、イリーナとジニーは動けなかった。
恐怖が、二人の体を石のように固めている。
頭の中は真っ白で、何も考えることが出来ない。

そんなイリーナに向けて、エルザードは微笑《びしょう》を送りながら、

「イリーナ君。キミは最後に殺すと約束しよう。そして、まずは手始めに――」

エルザードが、右手を無造作に動かした。

依然《いぜん》として、連撃を浴びせかけるシルフィーへ。

その掌《てのひら》を、向けながら。

「ドラゴンが勇者を殺す。そんな瞬間を御覧《ごらん》に入れようか」

裂けた口が、おぞましい笑《え》みを作ると共に。

エルザードの手先から、極大の光線が放たれた。

それはシルフィーの華奢《きゃしゃ》な体を飲み込んで――

気付けば、彼女は遠く離《はな》れた場所に、倒《たお》れ込んでいた。

焼《や》け焦《こ》げた全身から、煙《けむり》を上げながら。

そんな様子を目にした瞬間。

イリーナの脳裏《のうり》に、二つの情が芽生える。

一つは、圧倒的な畏怖《いふ》。

そしてもう一つは……友を害されたことによる、莫大《ばくだい》な怒気《どき》。

今、相手の力に怯《おび》え、空白となっていたイリーナの頭に、一つの思いが浮《う》かぶ。

報復である。

烈火《れっか》の怒《いか》りが、戦闘《せんとう》意思を芽生えさせた。

そんなイリーナの肩《かた》に、ジニーが手を置いて、

「ミス・シルフィーには、本当に申し訳ないと思いますが。ここは彼女の思いを、無下《むげ》にさせていただきましょう」

ジニーとしても、思いは同じようだった。

二人とて理解はしている。逃げることが出来るなら、それが最善であると。

だが、目前の怪物《かいぶつ》を相手に、それは不可能であろう。

ならばもはや、立ち向かうほかはない。

というか、そもそも——

「女の子にだって、意地というものがありますわ。そうでしょう？　ミス・イリーナ」

「ええ、その通りよ……！」

友人を傷付けた相手の頰《ほお》を、一発さえ張ることなく逃げるだなんて。

女の意地に反するものだった。

「ふふ。そこらへん、キミ達は全然変わってないなぁ。危険から逃げるよりも、やられた友人の報復を選択《せんたく》する。…………そういうの、本当にクソ不愉快《ふゆかい》だよ」

イリーナやジニーの思いだけでなく、友情という概念さえも、唾棄《だき》すべきものだと。

心の底から忌々《いまいま》しげに、エルザードはそんな思いを吐《は》き捨《す》てた。

「行くわよ、ジニー……！」

「いつでも準備万端《ばんたん》ですわ、ミス・イリーナ……！」

互《たが》いに覚悟の光を瞳に宿し、そして。

両者同時に、地面を蹴《け》った。

槍《やり》を携《たずさ》えながら、勇猛果敢《ゆうもうかかん》に踏《ふ》み込んでいく。

彼我の間合いは一瞬にしてゼロとなり、すぐさま二人の攻勢《こうせい》が展開される。

槍による突《つ》きや薙《な》ぎ払《はら》い。そこに攻撃魔法《まほう》を加え、多彩《たさい》な角度から攻《せ》め立てていく。

だが——

「本当に、息が合っているねぇ。深い友情がなせる業《わざ》ってやつか。感動的だな。けれど……

そんなもの、ボクの力の前にはなんの意味もなさない」

二人がかりの猛攻《もうこう》は、しかし、エルザードの身になんら危害を与《あた》えることが出来なかった。

槍の穂先《ほさき》は鋼のような肌《はだ》に弾《はじ》かれ、魔法による熱や冷気、衝撃の類《たぐ》いもまた通用しない。

だが、それでも。

二人は諦めなかった。

前に進む意思を持ち続ければ、必ず道は拓《ひら》ける。

アードと出会ってから常に、尋常《じんじょう》ならぬ経験を積み重ねてきた。

自分達よりも上の存在を相手にしたことだってある。

そして、命の危機に晒《さら》されたことだって、一度や二度じゃない。

けれど、それら全てを乗《の》り越《こ》えて、自分達はここにいる。

諦めることなく、ひたすらに足掻《あが》き続けたなら、きっと望む未来を掴《つか》むことが出来るはずだ。

――そんな意思を抱《いだ》く二人へ、エルザードは微笑する。

まるで、嘲笑うかのように。

「これまで何度も、友情の力で危機を乗り越えてきた。だから今回もなんとかなる、と。そんなふうに考えているのだろうけど」

二人の攻撃を浴びつつも微笑を保ち、言葉を紡《つむ》ぐエルザード。

その瞳に――

明確な殺意が、宿った。

「友情が奇跡《きせき》をもたらす。そんな考えは愚《おろ》かな幻想《げんそう》でしかないってことを教えてやる」

瞬間。
エルザードが二人に対して、迎撃《げいげき》の動作をとった。
これまで無防備に受け続けてきた、槍の穂先。
イリーナが繰《く》り出したそれを平然と掴んで……
容赦《ようしゃ》なく、粉砕《ふんさい》する。
「なッ……!?」
目を見開くイリーナへ、エルザードは冷然とした声を放つ。
「さぁ、絶望の始まりだ」
裂《さ》けた口が、邪悪《じゃあく》な笑みに歪《ゆが》む。
そして。
エルザードはジニーが繰り出した槍さえも粉砕し――
「二人目の死を、間近で見届けるがいい」
宣言すると共に、エルザードが貫手《ぬきて》を放った。
その鋭《するど》い爪《つめ》が捉《とら》えたのは。
ジニーの、柔《やわ》らかな鳩尾《みぞおち》。
エルザードの手は彼女の腹部を裂き、臓腑《ぞうふ》と背骨を貫いた。

「う、あ……!?」

あまりの激痛に目を見開くジニー。

その瞳から、光が急速に失われていく。

まるで、死に際《ぎわ》の如《ごと》く。

「ジニィイイイイイイイイイイイッッ！」

友の意識を繋《つな》ぎ止めようと、絶叫《ぜっきょう》するイリーナ。

その絶望感に満ちた叫《さけ》びを、エルザードは心地《ここち》よさげに聞き入りながら。

「今は自分の身を心配した方がいいと思うなぁ？」

片手をイリーナへ突き出して、エルザードは口端《こうたん》を吊《つ》り上げた。

死ぬ。

そんな予感が、イリーナを無意識的に動かした。

完全に脊髄《せきずい》反射といった調子で、彼女は防御《ぼうぎょ》魔法を発動する。

そうして、イリーナの全身が煌《きら》めく防護壁《へき》に覆《おお》われた、次の瞬間。

エルザードの掌が、黄金色の閃光《せんこう》を放つ。

激痛と衝撃《しょうげき》、浮遊感《ふゆうかん》。

眩《まばゆ》い光が視界を侵《おか》し、それからすぐに、意識が暗転する。

どれだけの時間が経《た》ったのだろうか。

頬から伝わる、硬《かた》くて冷たい感触《かんしょく》。

目を覚まし、瞼《まぶた》を開いたイリーナは、自分が街中に倒れているという現状を把握《はあく》した。

咄嗟《とっさ》に発動した防御魔法により絶命は免《まぬか》れたようだが……

しかし、それでも全身に刻まれたダメージは深い。

「う、ぐっ……！」

激痛を感じ、涙目《なみだめ》となりながらも、ゆっくり立ち上がるイリーナ。

そんな様子を、民間人が当惑《とうわく》した様子で見つめていた。

「あの女の子、城の方から吹《ふ》っ飛んできた、よな？」

「お城が消えたことと、何か関係があるのかしら……？」

自分達の騒動《そうどう》は、民間人の心に不安をもたらしているようだ。

そんな様子に申し訳なさを感じつつ、イリーナはようやっと、二本の足で地面を踏みしめた。

そのとき。

「はは。キミもしぶといねぇ、イリーナ君」

楽しげな声と共に、エルザードが天空より舞《ま》い降《お》りた。

その半竜半人《はんりゅう》といった姿を前にして、民間人の心はことさら乱れたのだろう。

「な、なんだ、あのバケモンは……⁉」

「き、気持ち悪い……！」

畏怖と嫌悪《けんお》。そうした視線を一身に浴びたエルザードは、眉間《みけん》に皺《しわ》を寄せて、

「……ジロジロ見てんじゃないよ、ムシケラ共が」

不快感を言葉として放ちながら、彼女は右手を天へと掲《かか》げた。

エルザードが何をしようとしているのか、イリーナは瞬時《しゅんじ》に悟《さと》り、制止の声を放つ。

「やめ――っ」

だが、口を開いてからすぐ。

イリーナの声を聞くことなく、エルザードは行動した。

天上に無数の魔法陣《じん》が顕現《けんげん》する。

黄金《こがね》色の幾何《きか》学模様が虚空《こくう》を埋《う》め尽《つ》くす、美しくも恐《おそ》ろしい様相。

それが、多くの人々にとっての、最後の光景となった。

「くたばれ」

冷然とした言葉が放たれると同時に、魔法陣から巨大《きょだい》な炎球《えんきゅう》が放たれる。

膨大《ぼうだい》な破壊《はかい》の群れが、街中に降り注ぎ――

ほんの一瞬にして、惨状《さんじょう》を創り上げた。

灼熱《しゃくねつ》が人と建物を焼き払う。

木造建築が多いこともあって、火の手は瞬《また》く間《ま》に広範囲《こうはんい》へと拡大。

エルザードが放った魔法は、目視確認出来ぬ場所さえも、急速に惨劇《さんげき》の舞台《ぶたい》へと変えていく。

「なんて、ことをッ……！」

エルザードは、イリーナを狙《ねら》ってはいなかった。

ゆえに彼女は炎球の被害《ひがい》を被《こうむ》ることはなく。

その瞳《ひとみ》は今、地獄絵図《じごくえず》を捉えている。

異国情緒《じょうちょ》に溢《あふ》れた美しい街並みは炎に焼かれ、見る影《かげ》もない。

そこで暮らしていた人々は、あまりにもむごい死に様を晒していた。

黒炭状となった、性別不明の死体。

下半身のみを炭化させた少女。

衝撃によってバラバラに吹き飛んだ男達。

つい数時間ほど前まで、彼等は泣いたり笑ったりして、人生を謳歌《おうか》していたのだろう。

そう思うと。

イリーナは心の底から悲しくなって。

それと同時に――

惨劇をもたらした怪物《かいぶつ》に、激しい怒《いか》りを覚えた。

「なんで……！　なんで、こんなことをッ！　皆《みな》、関係ない人達だったのにッ！」

イリーナの怒気《どき》に、エルザードはニタリと笑いながら応えた。

「うん、そうだね。関係ないね。だから平然と殺せるんだよ。無関係だからこそ、命を奪《うば》うのになんら躊躇《ためら》いがなくなる。もっとも、ボクは人間が大嫌《だいきら》いだから、関係があろうとなかろうとアッサリ殺しちゃうんだけどね？」

燃え盛る街中にて、エルザードは両手を広げながら、邪悪な笑みを深めた。

「キミを殺して、アード君を絶望させた後、この国の人間を皆殺しにしてやろうと思ってるよ。ドレッド・ベン・ハーに成り代わって以来、王様ごっこをやってきたわけだけど、いやはや、人間の支配ってのはストレスが溜《た》まるもんだね。そのお礼として、国中の皆に残酷《ざんこく》な死をプレゼントしてやろうってわけさ」

冗談《じょうだん》でもなんでもない。本気の発言に、イリーナは歯噛《はが》みした。

「させないッ……！　そんなこと、絶対に、させるもんですかッ……！」

アサイラスの民《たみ》は、イリーナにとって敵国の人間達である。

だが、そのような事情など関係ない。

人の命は、どんなものであれ尊いものだ。

メガトリウムでの一件を経《へ》て、イリーナはより強く、そう思うようになった。

人間は汚《きたな》く醜《みにく》い。だが、そんな汚濁《おだく》の中に、小さな煌めきを持つ。

その美しい煌めきを守るために。

命を賭《と》して、目前の悪を討つ。

そうした誓《ちか》いを胸に、イリーナは敵方を睨《にら》む。

そんな彼女を小馬鹿《こばか》にした様子で、エルザードは肩《かた》を竦《すく》めた。

「まるで、ボクを倒《たお》すと言いたげな目をしているけれど。そんなの不可能さ。自分の状態をもう一度確認《かくにん》してみるといい」

イリーナのつま先から頭の天辺までを見回しながら、エルザードは言う。

「武器は砕《くだ》かれ、脚甲《きやつこう》も大破寸前。全身の骨に亀裂《きれつ》が走り、内臓にだって大ダメージを受けている。本当は泣きたくなるほど痛いんだろう？　強がってないで、素直《すなお》に泣《な》き叫びなよ。ア～ド～、助けてぇ～、ってさぁ。そしたら、今回も彼が駆《か》けつけてくれるかもしれないぜ？」

小馬鹿にした調子で言葉を紡ぐ。

だが、イリーナがその言葉通りにすることは、絶対にない。

「あんたに誘拐《ゆうかい》された頃《ころ》のあたしとは、違《ちが》うのよ……！」

当時の彼女は、ただの弱者だった。

物語の主人公に救われる、囚《とら》われの姫《ひめ》でしかなかった。

けれど。

「あたしはもう、守られるだけのお姫様なんかじゃ、ない……！」

生来の負けん気。

そして——何よりも強い憧憬《どうけい》の思いが、彼女に英雄《えいゆう》願望をもたらしている。

その脳裏《のうり》には今、二人の姿が浮《う》かび上がっていた。

一人は、最高の親友にして、最強のヒーロー、アード・メテオール。

少し前、イリーナは彼へこう語った。

自分が強くなろうとした理由は、アードにとっての特別になりたかったからだと。

だが、それだけではない。

イリーナは、アードそのものになりたかったのだ。

その絶対的な強さで、何者をも守ることが出来る、そんな存在になりたかった。

そうした思いを加速させた人物が、頭の中でアードと肩を並べている。

古代世界で出会った伝説の勇者、リディア。彼女はまさに、理想の自分そのものだった。

自由奔放《ほんぽう》に生き、豪快《ごうかい》に笑い、誰《だれ》かの危機に颯爽《さっそう》と駆けつけて、あっさりと救う。

アードとリディア。二人と肩を並べたい。

危機に瀕《ひん》したとき、泣き喚《わめ》く女の子でいたくない。

むしろ……

涙を流す者達を、守れる人間になりたい。

「あんたは確信してるんでしょ……！　アードは、この場にはやってこないって……！

あたしも、そう思う……！　泣き喚いたところで、いつも都合良くヒーローがやってくるわけじゃない……！　だから……！」

イリーナの心が、決意で満たされていく。

そして、彼女は己の意思を、敵方へと叩《たた》き付けた。

「ヒーローがやって来ないなら……！　このあたしが、ヒーローになるッ！」

決意が。勇気が。

力へと変わっていく。

「あんたを倒すッ！　もう、誰のことも傷付けさせやしないッ！」

今なら。

誰かのために勇気を振《ふ》り絞《しぼ》り、打ち倒すべき悪を前にした、今なら。

きっと、彼の言葉に反することはないだろう。

あの剣は、自分を受け入れてくれるだろう。

そしてイリーナは、左手を天へと掲げ、叫《さけ》ぶ。

「来なさいッ！　ヴァルト＝ガリギュラスッ！」

その呼びかけに応ずるかの如《ごと》く。

今、大気が鳴動し、周囲の虚空に稲光《いなびかり》が走る。

圧倒《あっとう》的な力の到来《とうらい》。

そんな予感を抱《いだ》かせる現象の末に――イリーナの手元へと、一振りの剣《つるぎ》が現れた。

無駄《むだ》な装飾《そうしょく》はなく、純粋《じゅんすい》かつ美しい白銀色のそれは、かつて《勇者》・リディアが愛用した三大聖剣が一つ。

心の力で、邪悪《じゃあく》を断《た》ち斬《き》るもの。

その名は、ヴァルト＝ガリギュラス。

「へぇ。それが、キミの切り札ってわけかい」

聖剣の柄《つか》を握《にぎ》り締《し》め、構えて見せるイリーナへ、エルザードは嘲笑《ちょうしょう》を送る。

そんなチンケな剣で何が出来るのだと、言わんばかりに。

そうした敵方を睨みながら、イリーナはかつて、アードにこの聖剣を託《たく》されたときのことを思い返した。

学園祭にて、敵に操られたシルフィーの暴走を止めた後のこと。

ヴァルト＝ガリギュラスを再び学園の大樹へと封印《ふういん》してから、アードはイリーナと二人きりになり、こんな言葉を投げかけてきた。

〝イリーナさん。いずれ貴女《あなた》にも、命を賭《か》けねばならぬような難局が訪れるでしょう〟

〝そのときのために……聖剣を貴女に託します〟

〝大樹への封印の際、貴女の任意で召喚《しょうかん》出来るよう、仕掛《しかけ》を施《ほどこ》しておきました〟

そうした言葉にイリーナは驚《おどろ》き、そして、こんな問いを口にした。

〝あたしに、聖剣が使いこなせる、かな？〟

アードは即座《そくざ》に頷《うなず》いた。

〝むしろ、かの聖剣は貴女にこそ相応《ふさわ》しい〟

〝ヴァルト＝ガリギュラスがもたらす力は使い手の心を蝕《むしば》む、危険なものです〟

〝いかなる聖者をも邪《よこしま》な道へと走らせてしまう。そんな、聖剣とは名ばかりの邪剣《じゃけん》〟

〝しかし……貴女ならば使いこなせるでしょう。力に心を支配されることなく、ね〟

アードは確信に満ちた笑《え》みを見せながら、イリーナの肩に手を置いて、

〝かつての《勇者》・リディアがそうだったように〟

〝貴女もまた、英雄の器を有している〟

〝誰かのために戦うとき、限界を超《こ》えた力を見せる貴女こそ、聖剣の使い手に相応しい〟

アードは、自分を信じてくれた。

いかなる力も使いこなすだろうと。

その力を正しいことに用いてくれるだろう、と。

そしてイリーナは、彼の信頼《しんらい》に応えるべく、聖剣に呼びかけた。

守るべきものを守り、絶望を希望へと変えるために。

「《アルステラ《煌めけ魂》》ッ！　《フォトブリス《我、聖なる光となりて》》……《テネブリック《闇を打ち払わん》》ッ！」

超《ちょう》古代の言語による詠唱《えいしょう》が、イリーナの口から放たれた瞬間《しゅんかん》。

彼女の全身が眩《まばゆ》い光に覆《おお》われ――

数瞬後、その華奢《きゃしゃ》な体に、白銀色の鎧《よろい》が纏《まと》われた。

「くッ……！」

鎧の顕現《けんげん》と同時に、ダメージによる痛みなどは完全に消え失《う》せたが、その半面。

圧倒的な力が流れ込み、それが心に邪悪な情念をもたらしてくる。

敵への憎《にく》しみ。破《は》壊衝動《かいしょうどう》。凶暴《きょうぼう》な殺意。陵辱《りょうじょく》欲求《よっきゅう》。

聖剣・ヴァルト＝ガリギュラスが、使い手たるイリーナの心を犯し、自分好みに染め上げようとしている。

だが――

「あたしはッ！　この力を、正しいことに使うッ！」

決意の言葉を叫び、邪心を打ち払う。

そしてイリーナは、清純なる闘志《とうし》だけを胸に、敵方へと吶喊《とっかん》した。

雄叫《おたけ》びを上げながら迫《せま》る彼女へ、エルザードは嘲笑を送る。

「ははっ、勇ましいねぇ。けれどそれは、まさに無駄な足掻《あが》きでしか――」

言葉の途中《とちゅう》。

イリーナはエルザードを刃圏《はけん》に捉《とら》え、裂帛《れっぱく》の気合いと共に聖剣を振るう。

袈裟《けさ》懸《が》けの斬撃《ざんげき》。

渾身《こんしん》の力を込めて放たれたそれに対し、エルザードは不動の姿勢を貫《つらぬ》いた。

こんなもの、なんの効果もない。

イリーナのような小娘《こむすめ》が、泣き喚くことしか出来ぬ弱者が、自分を害することなど出来はしない。

そうした考えが、エルザードのニヤケ面《づら》から伝わってくる。

しかし。

数瞬後、狂龍王《きょうりゅうおう》はその悠然《ゆうぜん》とした顔に、驚愕《きょうがく》を宿すこととなった。

イリーナが繰《く》り出した斬撃は、エルザードの体を捉え——

白銀色の刀身がその肌《はだ》と肉を裂《さ》き、骨をも断ち斬った。

「がぁッ⁉」

襲来《しゅうらい》した、予想外の激痛に、エルザードは目を大きく見開いた。

「せりゃあッ！」

返す刀で、イリーナが斜《なな》め上へと刀身を振り上げる。

その一撃もまた見事にエルザードの体を斬り裂いて、先の傷と合わせて、彼女の胴《どう》に×の次を刻む。

「ぐうッ……⁉　ば、馬鹿《ばか》なッ……！　本気になったボクに傷を付けるだなんて、そんなこと、出来るわけがッ……！」

喀血《かっけつ》しながら、たたらを踏《ふ》むエルザード。

驚異《きょうい》的な治癒《ちゆ》力により、先刻受けた傷はすぐさま癒《い》えた。

が、心に刻まれた驚愕は、現在も彼女の心を動揺《どうよう》させている。

冷《ひ》や汗《あせ》を流し、後退するエルザードへ、イリーナは果敢《かかん》に踏み込んでいった。

「おおおおおおおおおおおおおおッ！」

体勢を低くして、獲物《えもの》を襲《おそ》う獣《けもの》のように疾走《しっそう》する。

その躍動《やくどう》に、エルザードは怒気《どき》を放った。

「調子に乗るな、小娘がッ！」

彼女の頭上に無数の魔《ま》法陣《ほうじん》が顕現する。

「消えてなくなれッ！」

エルザードの号令一下、魔法陣から蒼穹《そうきゅう》色の光線が一斉《いっせい》に放たれた。

あまりにも膨大《ぼうだい》な超高熱の群れ。

だが、イリーナは立ち止まることなく、疾走を続けながら、

「《セル・ヴィディアス》《脅威を糧とせよ》ッ！」

聖剣・ヴァルト＝ガリギュラスが有する力の一つを発動する。

詠唱を口にした直後、白銀色の刀身が強く発光し――

エルザードが放った無数の蒼《あお》き熱線を、吸い込んでいく。

「なにッ⁉」

再び驚愕を顔に刻む狂龍王。

その目前に、イリーナが肉迫《にくはく》した。

踏み込む力が大きく高まっている。

それは先ほど、エルザードの魔法を吸収したがため。

ヴァルト＝ガリギュラスは魔力による攻撃《こうげき》を全て吸収し、使い手の力へと変換《へんかん》する。

ゆえにエルザードの殺意に満ちた魔法は、むしろイリーナの力を高めてしまった。

「ハァッ！」

大上段からの振り下ろし。

ド迫力《はくりょく》の斬撃に対して、エルザードは舌打ちをかましながら、後ろへ跳《と》んで回避《かいひ》する。

「この力ッ……！　召喚した剣によるもの、だけじゃないッ……！」

彼女は本能的に、イリーナの体から未知のエネルギーが放たれていることを感じ取っていた。

決意と勇気が力に変換され、全身から迸《ほとばし》っている。

それは彼女の身を覆う、純白のオーラとして可視化されており……

その正体をエルザードは推察し、そして。

「《魔族》共めッ……！　ボクを、踏み台に使いやがったのかッ……！」

イリーナは今、《邪神》の力を目覚めさせているのだろう。

彼女の血肉と魂。その始祖は《邪神》の一柱である。

そして現在、イリーナという存在を構築する全《すべ》てが、《邪神》へと近づいている。

意思の力で無限のパワーを生み出し、世界をも変えてしまう、圧倒的な存在。

一人の無垢《むく》な少女が、絶大な怪物《かいぶつ》へ進化する過程を、エルザードは見せつけられていた。

それは、《魔族》達の謀《はかりごと》。

奴等《やつら》は、イリーナの覚醒《かくせい》を狙《ねら》っていたのだ。

自分を、捨《す》て駒《ごま》のように利用して。

そんな推察が、エルザードの怒《いか》りに火を点《つ》けた。

「舐《な》めるなッ！　ムシケラ風情《ふぜい》がッッ！」

踏み込んでくるイリーナに対し、エルザードは一振りの剣《けん》を召喚する。

彼女が配下として使っていた《竜人《りゅうじん》》族の男。彼が用いたそれと同じ、竜骨を基に作られた大剣。その切っ先をイリーナへと向けながら、エルザードが大地を蹴《け》った。

そして、燃え盛る街の只中《ただなか》にて。

少女と竜《りゅう》の剣戟が、開幕する。
「るぅあッ！」
「はッッ！」
聖剣と竜骨剣が激しくぶつかり合い、火花が大輪に咲《さ》き誇る。
刀身同士の衝突《しょうとつ》が轟音《ごうおん》と衝撃波を生み、舗装《ほそう》された石畳《いしだたみ》が秒刻《ほこ》みで砕《くだ》けていく。
まさに人外の闘争《とうそう》。
その趨勢《すうせい》はしばらく、完全なる互角《ごかく》であったのだが。
次第《しだい》に均衡《きんこう》が崩《くず》れていく。
優位となりつつあるのは――
狂龍王・エルザードであった。
「ははッ！　どうした、イリーナ君ッ⁉　動きが悪くなってきたぞッ⁉」
イリーナの頬《ほお》を竜骨剣が掠《かす》める。
元来、ドラゴンの骨を基に作られたそれは、掠っただけで相手の魂を食らう。
だが、現在のイリーナは《邪神》と同格の存在になりつつあるからか、竜骨剣が有する
おそるべき力が通じていない。
けれどもその刀身がもし、深々と体を捉えたなら。

いかな存在であれ、絶命へと至るであろう。
そして近い将来、その瞬間は確実にやってくる。
エルザードだけでなく、イリーナもまた、そんな予感を抱《いだ》いていた。
（体が、重い……！）
（心が、辛《つら》い……！）
急速に目覚めた《邪神》の力。
そして、聖剣がもたらすエネルギー。
それらはイリーナの体と心に大きな負荷《ふか》をかけていた。
常人であれば膝《ひざ》を折り、倒《たお》れ込んでしまうであろう疲労感《ひろうかん》。
もはや限界はとうに超えている。
ゆえに必然、イリーナの心が諦観《ていかん》に支配され始めた。
（あたしは、ここまで、なの……？）
（所詮《しょせん》、守られるだけの、お姫様《ひめさま》だったってこと……？）
（苦しい……）
（何もかも投げ出して、眠《ねむ》っちゃいたい……）
いかな存在とて、上限というものはある。

人としてのリミットを遥《はる》かに超過《ちょうか》したイリーナの弱音を、誰《だれ》が責められよう。
誰かを守るために、立派に戦った。
限界を超越《ちょうえつ》し、桁外《けたはず》れの怪物を追い込んだ。
……もう、十分に頑張《がんば》ったじゃないか。
後のことはアードに託《たく》そう。
自分がこいつに勝てなくたって、彼がきっと、どうにかしてくれる。
そんな考えに甘えようとした、そのとき。

「踏ん張《ば》りなさいッ！　ミス・イリーナッ！」

剣戟の、激しい轟音を斬《き》り裂いて。
聞き慣れた少女の叫《さけ》びが木霊《こだま》する。
その声の主は——
「ジニーっ……！」
遠くの、崩れた建物の陰《かげ》で。
青い顔をしながらこちらを睨《にら》む、友の姿があった。

「もうアード君に任せよう、だとかッ！　こいつには勝てないとかッ！　そんな、お馬鹿なことを考えてましたわねッ！　それは大間違《おおまちが》いですわ、ミス・イリーナッ！　貴女《あなた》はそんな、くだらないドラゴンに負けるような人じゃないッ！」

ジニーの、声が。

その、言葉が。

イリーナの心に染み渡《わた》っていく。

「私にとって貴女はッ！　アード君に並ぶヒーローですッ！　覚えてますかッ⁉　私に初めて声をかけてくれたのはッ！　私に初めて、救いの手を差《さ》し伸《の》べてくれたのはッ！　アード君じゃないッ！　ミス・イリーナッ！　貴女ですッ！」

青い顔で、なおも叫び続ける。

その瞳《ひとみ》に涙《なみだ》を浮《う》かべ、憧《あこが》れのヒーローに、エールを送るかの如《ごと》く。

「ずっと、貴女の背中を見てきたッ！　貴女の隣《となり》に並びたいから、必死に努力したッ！　ミス・イリーナッ！　貴女は私にとって、親友であると同時に、憧れの存在なんですッ！　そんな貴女が、ドラゴンなんかに負けるはずがないッ！」

心に、熱いものが滾《たぎ》る。

友情の炎《ほのお》が、燃え盛る。

そして――

「勝ちなさいッ！　ミス・イリーナッ！　そのトカゲ女をブッ飛ばして、私に証明して見せなさいッ！　自分がアード・メテオールに並ぶ、最高のヒーローだということをッ！」

大粒《おおつぶ》の涙が、ジニーの瞳からこぼれ落ちた、そのとき。

エルザードが血走った眼《まなこ》で、彼女を睨んだ。

「ウザいんだよ、この馬鹿女ッ！」

激情を放ちながら、目前に魔法陣を顕現《けんげん》させる。

極太の青い光線がジニーへと殺到《さっとう》した。

満身創痍《まんしんそうい》の彼女に、それを躱《かわ》すだけの力はない。

だから……

自分が、友を守る。

「《セル・ヴィディアス》ッ！」

一瞬《いっしゅん》にしてジニーの目前へ移動すると、イリーナは聖剣の力を発動。

迫《せま》り来る光線が、白銀色の刀身に吸い込まれた。

そしてイリーナは友を背にして、微笑《びしょう》を浮かべ、

「見てなさい、ジニー！　あんな奴《やつ》、すぐにやっつけてやるんだから！」

滾る思いを叫びとして放ちながら、突撃《とつげき》する。

「チィッ！　無駄《むだ》に足掻《あが》くんじゃねぇよ、小娘《こむすめ》がッ！」

エルザードの口調が、荒々《あらあら》しくなる。

復活したイリーナへの畏怖《いふ》ゆえか。はたまた……

見せつけられた友情に対する、情念ゆえか。

いずれにせよ。

「今のあたしはッ！　負ける気がしないッッ！」

熱き思いを刃《やいば》に乗せて、聖剣を振《ふ》るうイリーナ。

その剣圧は完全復活、どころか、ますます高まりを見せている。

「くッ……！　友情の力、とでもいいたいのかッ……！　馬鹿馬鹿《ばかばか》しいッ！」

エルザードは顔を怒気《どき》に染め上げながら、竜骨剣を振るい、感情を爆発《ばくはつ》させる。

「何が憧れだッ！　何がヒーローだッ！　何が親友だッ！　結局は裏切るくせにッ！　当たり障りのいいことばかり言いやがってッ！」

荒《あら》い口調と同様に、剣の運び方もまた、これまでにない獰猛《どうもう》さを帯びている。

そんなエルザードと打ち合いながら、イリーナは彼女の心に潜《ひそ》む孤独《こどく》を感じ取っていた。

「怪物と人間は相容《あいい》れないっていうのにッ！　友情なんか成立しないっていうのにッ！

あぁああああああああああッ！　お前達を見てると、心の底から虫酸《むしず》が走るッッ！」

怒りや憎《にく》しみ、そして妬《ねた》み。

マイナスの感情がエルザードに限界を超《こ》えた力をもたらしていた。

だが、それと同様に。

イリーナもまた、限界を超え続けている。

「怪物であろうとッ！　なんであろうとッ！　手を取り合えば理解出来るッ！　あたしと、ジニーみたいにッ！　人間はあんたが思ってるような、醜《みにく》いだけの存在じゃないッ！」

熱い。

体が、心が、熱い。

「うぉ、あああああああああああああッ！」

「きぃあああああああああああああああッ！」

依然《いぜん》として劣勢《れっせい》。

だが、諦観などもはやどこにもない。

友が見ている。

自分のことを、親友だと言ってくれる友が。

自分のことを、ヒーローだと言ってくれた友が。

彼女の前で、無様な姿を見せたくない。

彼女の前では、とことんヒーローでありたい。

だから――

「勝たせてもらうわよッ！　エルザァァドォオオオオオオオオオッ！」

イリーナはさらに、壁《かべ》を一枚ブチ破った。

滾りに滾った情熱が。決意が。勇気が。

彼女の位階を押し上げた。

魂《たましい》の底から、絶大な力が流れ込んでくる。

それに応じて、イリーナが纏《まと》うオーラが、純白から漆黒《しっこく》に変わり……

「くうッ……！」

全身に、激烈《げきれつ》な痛みをもたらした。

関節や骨が悲鳴を上げ、血管が破裂《はれつ》し、肌《はだ》を突《つ》き破《やぶ》って血飛沫《ちしぶき》を放つ。

「ははッ！　暴走だッ！　所詮人の身に、《邪神《じゃしん》》の力は過ぎたものッ！　このままいけば、キミは自分の力に殺され――」

「それがッ！　どうしたぁああああああああああッッ！」

漆黒のオーラを纏い、全身から鮮血《せんけつ》を噴《ふ》き出しながらも。

イリーナは激痛を熱情で吹《ふ》っ飛ばし、豪快《ごうかい》な斬撃《ざんげき》を見舞《みま》った。

「この体がバラバラになろうとッ！　そんなことはどうでもいいッ！　あたしは、あんたに勝つッッ！　勝つッ！　勝つッ！　勝ぁぁぁぁぁつッッッ！」

凄《すさ》まじい出力に全身が悲鳴を上げ、血の涙さえ流しながらも、イリーナは止まらなかった。

ド外れた猛攻《もうこう》に、エルザードは防戦一方となる。

もう、反撃の余地さえない。

ただただ、イリーナが振るう聖剣《せいけん》を竜骨剣《りゅうこつけん》で以《もっ》て受け止め……

刀身から伝わる衝撃《しょうげき》に、顔を歪《ゆが》ませることしか出来ない。

「くうッ……！　認めない……！　認めないぞ……！　認めてッ！　たまるかぁあああああああああああああああああッ！」

激情を放つエルザードだが、戦況《せんきょう》に変化はない。

やがて彼女の竜骨剣に亀裂《きれつ》が走り、次第《しだい》にそれが刀身全体へと広がっていく。

「う、嘘《うそ》だッ！　ボクがこんなッ！　こんな、ゴミクズに負けるだなんてッッ！　そんなこと、あるわけがなぁああああああああああいッ！」

悲鳴にも似た叫びは、彼女の勝利への願望は、しかし、現実の前に打ち砕《くだ》かれた。

イリーナが振るった聖剣を受け止めた、その瞬間。

ついに竜骨剣が限界を迎《むか》え――

ひび割れた刀身が、木《こ》っ端微塵《ぱみじん》に砕け散《ち》る。

そして。

「ブッ飛ばしてやるわッ！　エルザードッ！」

決着のときが、訪れた。

右拳《こぶし》を握《にぎ》り固めるイリーナ。

瞬間、その拳骨《げんこつ》に、全身から迸《ほとばし》るエネルギーの全《すべ》てが凝縮《ぎょうしゅく》されていく。

「く、そぉおおおおおおおおおおおおおッッ！」

向かい来るイリーナの喉元《のどもと》へ、エルザードが貫手《ぬきて》を放つ。

鋭《するど》く、速い。しかし、今のイリーナには止まって見えた。

ゆえに易々《やすやす》と回避《かいひ》して、相手の懐《ふところ》に入り――

「歯ぁ、食いしばりなさいッ！　このお馬鹿《ばか》ぁああああああああああッ！」

握り固めた右拳を、エルザードの顔面へと叩《たた》き込《こ》む。

拳頭が頬《ほお》に直撃すると同時に、エネルギーの爆裂《ばくれつ》が発生。高濃度《こうのうど》に凝縮されたパワーが桁外《けたはず》れの衝撃を生む。

そしてエルザードは、先刻イリーナが叫《さけ》んだ通り、街中をブッ飛んでいく。

建物を派手に貫通《かんつう》し、どこまでもどこまでも突き進んで、街を守護する壁さえも貫《つらぬ》く。

まるで人間の巣から追い出されるようにして外部へと放たれたエルザードの体は、なだらかな平野にて着地し、ゴロゴロと地面を転がった末にようやっと、その動きを止めた。

大の字に横たわったエルザードは、天に浮かぶ太陽を憎らしげに見つめながら、

「ちく、しょう……！　なん、で、こんな……！」

もはや戦闘《せんとう》の続行は不可能。

精神的にも肉体的にも、身動き一つ出来はしない。

ただただ、敗北という現実を呪《のろ》うことしか出来なかった。

そんな彼女のもとへ、イリーナが聖剣を携《たずさ》えてやってくる。

「……殺せ」

自分を見上げる少女へと、狂龍王《きょうりゅうおう》は短く吐《は》き捨《す》てた。

彼女に残された意思は、速《すみ》やかな逃避《とうひ》のみ。

さっさと死んで、こんな不愉快《ふゆかい》な世界からおさらばしたい。

……そうした意思を、イリーナは拒絶《きょぜつ》する。

「あんたのことは殺さない。あんたには、これからも生き続けてもらう」

難しそうな顔で見下ろしてくる彼女へ、エルザードは乾《かわ》いた笑みを漏《も》らした。

「ボクを捕《と》らえて、ペットにでもしようっていうのかい？　長い時間かけて、ジワジワ苦しめて、楽しもうってことかな？　ははっ、さすが、《邪神》の末裔《まつえい》だな」

口元には笑みがある。しかし、その瞳《ひとみ》は真っ黒な憎悪《ぞうお》で塗《ぬ》り潰《つぶ》されていた。

「キミが殺さないと言うなら、自らの手で命を断《た》つまでさ。もう一秒たりとて、こんな世界には留《とど》まっていたくない」

そう呟《つぶや》くと共に、エルザードは自らの肉体を崩壊《ほうかい》させるべく、特別な魔法を発動したのだが――

「そんなこと、させるもんですか」

身を屈《かが》めたイリーナが、エルザードの胸に触《ふ》れた。

その直後、狂龍王の体を覆《おお》うように顕現していた魔法陣《じん》が消失する。

「お前ッ……！　なにを、したッ……!?」

驚愕《きょうがく》を隠《かく》せないエルザード。

目を見開き、疑問を吐く彼女へ、イリーナは堂々と言い放つ。

「わかんない。なんとなく出来ると思ったからやってみただけよ」

彼女自身、己の力を完全に理解したわけではない。

ぼんやりとした輪郭《りんかく》を摑《つか》んでいるだけだ。

受《う》け継《つ》いできた《邪神》の血脈。それが覚醒《かくせい》したことによって得られたものは……

小規模な、現実改変能力。

その力によって、イリーナはエルザードの動きを封《ふう》じたのである。

イリーナ自身、己が用いた力に驚《おどろ》いている様子だった。

「……あたしはもう、本当に、人間じゃなくなったのね」

《外なる者達《アウター・ワン》》……現代においては《邪神》と呼ばれる者達と、肩《かた》を並べる存在となった。

そんな自覚を抱《いだ》いたからか、その顔はどこか儚《はかな》げだった。

一方で、エルザードは歯嚙《はが》みし、射殺さんばかりの視線をイリーナへ向けながら、

「ふざ、けるなッ……！　殺せぇッ！　今すぐ、ボクを殺せッ！」

憎悪を爆発させる彼女へ、イリーナは首を横に振る。

「いいえ。あんたのことは殺さないし、死なせない。それはあんたがさっき言ったように、苦しめるため……とかではなくて。むしろ、その逆よ」

イリーナは身を屈めた状態で、エルザードの顔を覗《のぞ》き込みながら、言った。

「数カ月前、あんたに誘拐《ゆうかい》されたときのあたしは、ただただ泣《な》き喚《わめ》くことしか出来なかった。あんたのことなんか、なんの理解も出来なかった。でも……今回、戦ってみて、なん

となくわかったわ。あんたは、あたしやアードにとって、辿《たど》り着いたかもしれない未来の一つなんだって」

イリーナはエルザードの黄金色《こがね》の瞳を見つめながら、言葉を続けた。

「あたしとアードは、本当に、最高の友達と出会うことが出来た。でも……あんたは違《ちが》ったのね、エルザード。怪物《かいぶつ》であることを受け入れてくれる人達に、巡《めぐ》り会えなかった。……もし、メガトリウムで皆《みな》が来てくれなかったら。あたしも、あんたみたいになってたかもしれない」

つい先日の一件、その大詰《おおづ》めにて。

イリーナは人間に絶望し、自身の幸福な生活に終止符《しゅうしふ》が打たれるものと、そう思っていた。

ライザーの謀《はかりごと》により、イリーナとその一族が《邪神》の末裔であると、大陸中に知れ渡《わた》ってしまったからだ。

メガトリウムで過ごした一時により、イリーナは人間の闇《やみ》を見つめることとなり……その結果、人と怪物はわかり合えぬと、そう結論づけた彼女にとって、自らの正体が露《ろ》見《けん》するということは即《すなわ》ち、これまで築いた全ての関係性の崩壊を意味していた。

しかし、現実はどうなったか？

……皆、自分のことを拒絶するどころか、メガトリウムまで駆《か》けつけてくれた。

ジニーやシルフィーだけじゃない。これまで関係を結んできた全ての人達が、自分を助けるために、馳《は》せ参《さん》じてくれた。だからこそ、イリーナは人間に絶望した自分を恥《は》じ、それまで以上にヒトを愛するようになったのだが……

「あんたはこれまでずっと、裏切られてきたんでしょうね。そんな人間にしか、出会うことが出来なかった。だから、こんなことになった」

エルザードは自分やアードの映し鏡。そんな解釈《かいしゃく》をしたがために。

イリーナは、彼女へ手を差《さ》し伸《の》べた。

「あたしは、あんたのことを絶対悪だとは思わない。だからあたしは、あんたを殺さないし、憎《にく》むこともしない。むしろ……あたし達は、手を取り合えると思う」

イリーナは真《ま》っ直《す》ぐにエルザードの顔を見据《みす》えて、断言した。

「あたしはあんたを裏切らない。絶対に。だから……もう一度、人間を信じてほしい。あたし達と一緒《いっしょ》に、人間の世界で生きるのよ。エルザード」

この狂龍王は、多くの人々を傷付けた。それは決して許されぬことだとは思う。

だが……傷付いた人々は、自分やアードが必死にフォローすればいい。

エルザードは、ヒトとの関係がもとに歪んでしまった、もう一人の自分なのだ。

そんな彼女には、幾《いく》ばくかの救いがあってほしいと思う。だからイリーナは……

「今日からあんたも、あたしのお友達よ、エルザード」

うっすらと、柔《やわ》らかく微笑《ほほえ》んだ。

そんな彼女に、エルザードは目を丸くして。

それからすぐ、キッとイリーナを睨《ね》めつけた。

「……妄想《もうそう》も大概《たいがい》にしろよ。ボクがキミ達の、もう一つの未来？　ハッ、馬鹿馬鹿《ばかばか》しい。全然違うね。キミの推察なんて、何もかもが的外れさ。ボクは生まれてからずっと、人間が憎いんだ。そこに理由なんてない。だからキミのことも大嫌《だいきら》いだ。友達になんか、なってやるものか。むしろ傷が癒《い》えたら、また今回と同じことをしてやる。キミのお友達を、目の前で殺してやるよ」

饒舌《じょうぜつ》に、挑発《ちょうはつ》的な言葉を並べ立てていくエルザード。

その姿をイリーナは、拗《す》ねて泣き喚く子供のようだと、そう思った。

「心身共に肩を並べると、相手に対する理解って変わるものね。これまではあんたのことが、恐《おそ》ろしい怪物にしか見えなかったけど。でも、今はなんというか、寂《さび》しがり屋のかまってちゃんって感じだわ」

「……は？」

心の底から不愉快とばかりに、エルザードは眉間《みけん》に皺《しわ》を寄せた。

今はまだ、心が通い合っていないけれど。

いつか、この恐ろしかったドラゴンとさえ、笑い合うようなときが来るだろう。

イリーナの心には、未来への希望だけがあった。

これからに対する、さまざまな展望。

新たな友人を加えての生活。

それらに思いを馳せ、心持ちを明るくさせた、その瞬間《しゅんかん》。


イリーナの足下《あしもと》に、突如《とつじょ》、魔法陣が顕現《けんげん》した。

エルザードの仕業《しわざ》、ではない。彼女もまた、突然の状況《じょうきょう》に瞠目《どうもく》している。

そして数瞬後、イリーナの意識が暗転し——

気付けば、彼女は見知らぬ場所に立っていた。

空は暗雲に覆われ、絶え間なく雷鳴《らいめい》が響《ひび》き渡り、大地はあまりにも荒涼《こうりょう》としている。

世界に終末が訪れたなら、きっとこんなふうになってしまうだろう、と。そう思わせるような、荒《あ》れ果《は》てた大地にて。

イリーナは二人の男を見た。

一人は、アード・メテオール。

《固有魔法《オリジナル》》によるものだろう。姿形が激変しており、目視しただけで失神してしまいそうなほど、今の彼は美しい姿となっている。

そして――

もう一人の姿にも、見覚えがあった。

しかし、なぜ？

なぜ、あの男がここにいるのだろう？

そんな疑問を抱いた矢先のことだった。

男が、その美貌《びぼう》に凶悪《きょうあく》な笑みを浮《う》かべ、叫びを放つ。

「素晴《すば》らしいッ！　嗚々《ああ》、素敵《すてき》だよ、お嬢さん《フロイライン》ッ！　よくぞ進化してくれたッ！」

狂《くる》おしいほどの歓喜《かんき》が、その口から発露《はつろ》されたと同時に。

男の手元へ、小さな筐《はこ》が顕現する。

純白の体表に、黄金色のラインが走るそれを目視すると同時に、イリーナはなぜだか、不思議な懐《なつ》かしさと……

あまりにも大きな、畏怖《いふ》の情を覚えた。

アレは、存在してはならぬものだ。

アレは、破壊《はかい》しなければならぬものだ。

さもなくば……

希望が。未来が。壊《こわ》されてしまう。

そんなふうに考え、無意識のうちに攻撃《こうげき》の姿勢をとろうとするが、しかし。

「無駄《むだ》さ、お嬢《フロイライン》さんッ！　貴君が完全に《邪神《じゃしん》》へと成り果てた以上──もはやッ！　貴君は吾《われ》の願望を叶《かな》えるための聖杯《せいはい》にしかなりえないッ！」

その言葉を証明するかのように、イリーナの全身から力が抜《ぬ》けていく。

彼女の魂《たましい》が。その奥底から生まれる無限のエネルギーが。

煌《きら》めく流線となって、白い筺へと流れ込んでいく。

そして──

「イリーナさんッ！」

アードの、動揺《どうよう》した顔を最後に。

イリーナの視界が、真っ黒に塗《ぬ》り潰《つぶ》された。

第八二話　元・《魔王《まおう》》様と、終わりの始まり

闘争《とうそう》の決着とは、早ければ早いほど良い。
時間が経過するにつれて、戦《いくさ》は未確定の要素が増えていく。
ゆえに俺は戦いに臨《のぞ》む際、出来うる限り最速の決着を心がけてきた。
そうした信条に加えて、今回は友の危機という大問題を抱《かか》えた状態である。
出し惜《お》しみなど、してはいられない。
俺は仮面の某《なにがし》との争いが開幕すると同時に、《固有魔法《オリジナル》》を発動。
それからすぐ、フェイズ：Ⅲへ移行した。
現段階における最優の状態で以《も》って、仮面の某を追い詰《つ》め、そして――
「ごはぁッ⁉」
我が黒剣《こつけん》の刀身が、敵方の心臓を貫《つらぬ》いた。
通常であれば、この時点で決着となろう。
しかし……

「ふ、は。ふはは。さすがだ。やはり貴公は素敵だな、我が《魔王》」
絶命に至るはずの一撃を受けてなお、仮面の某は健在であった。
そして奴《やつ》は、我が顔面へと掌《てのひら》を伸ばしてくる。
危機を察した俺はすぐさま、相手の胸部から剣を抜いて後退。
間合いを取りながら、敵の姿を睨む。
……さっきので三回目だ。
もう三回も、俺は仮面の某に対して、致命の一撃を与《あた》えている。
慈悲《じひ》の念などはない。
いずれも霊体《れいたい》ごと消し去るような、あまりにも冷酷《れいこく》な一撃であった。
にもかかわらず、それを三度も受けてなお、仮面の某にはまったく堪《こた》えた様子がない。
むしろ攻撃を浴びる毎《ごと》に、意気《いき》軒昂《けんこう》とした気勢を高めている。
……これほどの不死性を有する者が、現代生まれであるはずがない。
やはりこいつは、古代の人間だ。それも、俺に近しい存在であると思われる。
根拠《こんきょ》はいくつかあるものの、一番大きいのはやはり――
「《開け》《獄門《ごくもん》》」
「おっと、危ない危ない」

こちらの戦術を知り尽《つ》くしている。これが一番の根拠だ。

多種多様な魔法を捨て石として使い、相手にこちらの思惑《おもわく》を誤認させ、その末に想定外の魔法をぶつける。

それは魔導士《まどうし》の基本戦術であり、完成された戦い方でもある。

魔法による戦闘《せんとう》とはチェスなどのボードゲームに似た、戦術の読み合いだ。

相手が知らぬであろう戦術を多く有する者が、圧倒《あっとう》的優位に立つ。

別の言い方をするならば。

相手の戦術を知り尽くしていれば、これもまた優位に立ちやすい。

仮面の某は、こちらの手の内をほとんど把握《はあく》しているようだった。

そこに加え、異常に過ぎる不死性を有する者となれば……

思い当たる人物は、数人に絞《しぼ》られる。

いずれも面倒《めんどう》な連中だが、その中でもとりわけ、最凶《さいきょう》最悪と断言すべき男を脳裏《のうり》に浮かべたことで、俺は苛立《いらだ》ちと共に嘆息《たんそく》する。

「焦《じ》れているねぇ、我が《魔王》。しかし、それは吾とて同じことさ。全力全開でことに臨みたいと考えているにもかかわらず、今はまだ仕込みの段階ゆえ、望むがままに動くことが出来ない。嗚々！　なんと嘆《なげ》かわしい！」

大仰《おおぎょう》な芝居《しばい》を打つかのように、身振《みぶ》り手振りを交えて話す。

この挙動。喋《しゃべ》り方。

初対面した際も、薄々《うすうす》感じていたのだが。

やはり、こいつは。

……もし、そうだったとしたなら、フェイズ：Ⅲでさえ力不足となろう。

こいつを打倒《だとう》するには、第四の形態、即《すなわ》ちフェイズ：ファイナルを用いねばならない。

しかしそれで奴を倒《たお》せたとしても、その時点で俺は行動不能に陥《おちい》るだろう。

前世の、ヴァルヴァトスとしての肉体であったなら、問題は何もなかった。

されど、この村人としての肉体では、フェイズ：ファイナルの負荷《ふか》に耐《た》えきれない。

イリーナ達のもとへ戻《もど》り、エルザードの脅威《きょうい》を払《はら》うという目的が達成出来ぬなら、敵方の打倒になんの意味があろうか。

……そう、倒す必要などはないのだ。

数秒間、身動きを止めさえすればいい。

俺の勝利条件は奴を倒すことではなく、イリーナ達との合流である。

二秒か三秒、奴の動きを止めさえすれば、転移の魔法を用いてイリーナ達のもとへ戻ることが出来るだろう。

もし、仮面の某が奴であったなら……

こちらの手の内を知り尽くしているというアドバンテージを、逆手に取ればいい。

そんな想定のもと、俺は即座《そくざ》に戦術を組み立て、実行に移した。

「《煌《きら》めけ》《神滅の光》」

二唱節の詠唱《えいしょう》により、捨て石となる魔法の一つを発動。

無数の光線が、天上より降り注ぐ。

古代にて、対軍魔法として開発したこの一手を、仮面の某は単純明快な行動で以て打破する。

奴は膨大《ぼうだい》な光線の雨を、避《さ》けようともしなかった。

全弾《ぜんだん》直撃し、体に大穴を開けながら、こちらへと突《つ》っ込《こ》んでくる。

光線を浴びながらの突撃《とつげき》。

それは絶大な不死性を有する、奴だからこそ出来ることだ。

光線によって、体が削《けず》れ、穴が穿《うが》たれようとも、一瞬にして元通りになってしまう。

ゆえに俺が用いた対軍魔法は、なんの効力ももたらしてはいない。

だが、それでいい。

これは、俺の戦術を相手方に誤認させるための過程に過ぎないのだから。

「《縛《しば》れ》《天上の鎖《くさり》》」

詠唱を紡《つむ》いですぐ、迫《せま》り来る仮面の某の左右に魔法陣《じん》が顕現《けんげん》する。

そこから無数の鎖が飛び出て、奴を拘束《こうそく》しようと躍動《やくどう》するのだが――

「ははッ！　お得意の封印《ふういん》戦術かッ！」

これもまた、読まれていた。

仮面の某は大きく後ろへ跳躍《ちょうやく》し、迫り来る鎖の群れを回避《かいひ》する。

元来はあの鎖で相手方を縛り、それから六唱節の詠唱を唱えて封印魔法《ふういんまほう》を発動。その力で以て、相手を永劫《えいごう》の牢獄《ろうごく》へと閉じ込めてしまうのだが。

やはり、この戦術も把握していたようだな。

だが、そうだからこそ。

奴は、こちらが仕掛《しか》けた罠《わな》にはまったのだ。

光線の雨をあえて降り止ませ、別の手を打つように見せかける。

これもまた、相手方の心理を別方向へ誘導《ゆうどう》するのに一役買ったようだ。

仮面の某が後方へ跳《と》び、宙を舞《ま》う、一瞬の時間。

まさに瞬《まばた》き一つで終わるような、あまりにも短い時間。

それを待っていた。

「《飲み込め》《円環《えんかん》の蛇《へび》》」

短い二唱節の詠唱。

仮面の某が宙を舞う一瞬で、それを唱え――

奴が着地したと同時に、狙《ねら》い通りの瞬間《しゅんかん》がやってきた。

仮面の某のすぐ目前にて、小さな黒点が生ずる。

「これは――」

奴の口から驚声《きょうせい》が漏《も》れ出たが、それは最後まで紡がれることはなかった。

黒点が瞬《また》く間《ま》に肥大化し、敵の全身を呑《の》み込む。

あの闇色《やみいろ》の球体は、いうなれば重力の牢獄。

桁外《けたはず》れの重力場に相手を閉じ込め、押《お》し潰す。そんな魔法である。

これは現代に転生した後に創った魔法だ。

さしもの敵方も、初見の魔法には対応出来まいと考えたが……

狙い通り、数秒間は時間が稼《かせ》げそうだ。

今のうちに、転移の魔法を用いてイリーナたちのもとへ――

と、そう考えた矢先のことだった。

「そんなことは、する意味がない」

聞き覚えがある少女の声。

それが耳に入ってからすぐ、俺は背後に殺気を感じ、横へと跳んだ。

刹那《せつな》。

さっきまで立っていた場所を、一筋の光線が通過する。

それを見届けてから、俺は闖入者《ちんにゅう》の姿を睨《にら》んだ。

「……想定外の事態が発生せぬよう、早期決着を目指したつもりだったが、どうやら、手《て》遅《おく》れだったようだな」

目前の少女を見据《みす》えながら、俺は嘆息する。

カルミア。

そう名乗った、《女王の影《かげ》》に属する少女。

よもや仮面の某と通じていようとは。

彼女の乱入により、転移の好機が潰《つい》えてしまった。

そう考えてからすぐ。黒球《こっきゅう》に変化が表れる。

無数の稲光《いなびかり》が球体より放たれ、そして。

爆裂《ばくれつ》するかのように、黒球が霧散《むさん》する。

重力場の牢獄から脱出《だっしゅつ》した仮面の某《なにがし》は、全身ボロボロといった有様であった。

身に纏《まと》う燕尾《えんび》服《ふく》はズタズタとなり、後ろで結んでいた黒髪《くろかみ》もほどけ、腰《こし》まで伸《の》びた長いそれを風になびかせている。

その容貌《ようぼう》を隠《かく》していた仮面もまた、大きな亀《き》裂《れつ》が走っており──

「ク、クク……！　さすがだ、我が《魔王》……！　最高のもてなしであった……！」

未《いま》だ残る苦痛を、楽しむかのように笑う。

そんな挙動に合わせて、奴の仮面が、次《し》第《だい》に崩壊《ほうかい》していく。

ピシリ、ピシリと、一欠片《ひとかけら》ずつ、仮面が崩《くず》れて地面へと落ちる。

それを気にしたふうもなく、奴はカルミアへと目を向けて、

「おぉ！　我が相棒よ！　貴君がここに居るということは！」

「……うん。狙い通りになった」

返答を受けて、仮面の某は暗雲が広がる天空を見上げながら、哄笑《こうしょう》する。

「ふはっ！　ふはははははははっ！　我が世の春が来たぁあああああああああああああああああああああああああああああ！」

崩れていく。崩れていく。

奴《やつ》の仮面が崩れて、その顔が、次第に露《あら》わとなっていく。

そんな光景はまるで、一つの現実を比喩《ひゆ》しているように思えた。

即ち――

俺が、これまで築き上げてきた現実の、崩壊。

そして、最悪の始まり。

……そうだ。こいつはいつだって、それをもたらしていた。

我が軍門に降ってなお、俺の身と周囲に災厄《さいやく》をもたらし続けてきた男。

もう二度と、その顔を見たくないと、そう思っていた男。

「やはり、貴様は……！」

我が目前にて、今。

奴の姿を秘していた仮面が、完全に崩壊を迎《むか》え――

それに合わせて、その装《よそお》いが激変する。

まるで、道化の皮を脱《ぬ》ぎ捨《す》て、正体を晒《さら》すかの如《ごと》く。

漆黒《しっこく》の燕尾服は朱《しゅ》を基調とした荘厳《そうごん》な装束へと変わり、その身に纏う空気もまた、あまりにも重苦しいものとなった。

この、規格外に過ぎる重圧。

そして、傾国《けいこく》の美女もかくやとばかりの美貌《びぼう》と、瞳《ひとみ》に宿りし絶大な狂気《きょうき》。

見紛《みまが》うはずもない。

俺が配下として従えた者達の中で、もっとも恐《おそ》ろしい怪物《かいぶつ》。

その名は、アルヴァート・エグゼクス。

かつての四天王が一人にして、我が軍における最大・最強の戦力。

……奴は恍惚《こうこつ》とした笑《え》みを浮《う》かべながら、こちらを見て、口を開いた。

「こうして対面する瞬間を、どれだけ待ち望んだか。いけずな貴公が吾《われ》との約束を反故《ほご》にしてより、三千と九百、飛んで二カ月と三日。それだけの時間、吾は待ち続けてきた。嗚々《ああ》、本当に、地獄《じごく》のような時間だったよ、我が主。貴公がいない世界は、まさに生き地獄そのものだった」

アルヴァートの瞳から太い涙《なみだ》が流れ、地面へと落ちる。

演技ではない。心の底から、俺との再会を祝しているのだろう。

……他の四天王と同様、この男もまた、数千年経過してもまるで変わらんな。

相も変わらず、俺に対する歪《ゆが》みきった愛情と、約束に囚《とら》われている。

「遥《はる》か昔、貴公は吾を打ち負かし、この身を見下ろしながらこう言った。理想を成就《じょうじゅ》した暁《あかつき》には、吾のことを殺してくれる、と。吾も貴公に殺されたいと願ったがゆえに、その

軍門に降ったのだ。なのに、結果はこのザマ。何千年も待ちぼうけを食らわされた吾《われ》が、どれだけの精神的苦痛を味わったか、貴公にはわかるまい」

涙を流す瞳に、そのとき、熱い怒《いか》りが宿った。

「吾は貴公が転生するまでの間、着々と準備を進めていった。そう、貴公に対する嫌《いや》がらせと……至高の闘争《とうそう》。これらを両立した状況《じょうきょう》を創るべく、必死こいて頭と体を動かした」

天を見上げ、これまでの数千年を思い返すように、遠い目をしながら、アルヴァートは言葉を紡ぐ。

「まず以《もっ》て、念願成就には多くの労働者が必須《ひっす》と考えた吾は、同胞《どうほう》たる《魔族《まぞく》》達をまとめ上げ、《ラーズ・アル・グール》を創設した。《邪神《じゃしん》》復活という虚言《きょげん》を用いることで、彼等はすんなりと従ってくれたよ」

仮面の某《なにがし》＝アルヴァートは、組織の幹部と考えていたのだが、その実、奴こそが組織の長であったか。

……こいつは純血の《魔族》であり、元来、《邪神》側の最高権力者でもあった。

《邪神》陣営《じんえい》を裏切った後も、多くの《魔族》達から崇拝《すうはい》の念を受けていたこともあって、組織の設立は至極《しごく》簡単であったろう。

騙《だま》された者達には、気の毒でしかないが。

「組織を創り上げ、瞬く間に成長させた吾は彼等を総動員させ、古代から今に至るまで、情報の収集に勤しんだ。一つは貴公の転生体と思《おぼ》しき存在の探索《たんさく》。もう一つは……貴公を苦しめ、最高最善の闘争を行うための、小道具の探索。そうした努力の甲斐《かい》あって、今、全《すべ》ての素材が我がもとに集った」

再び、こちらを見据えてくるアルヴァート。

その瞳にはもう涙はない。ひたすら強烈《きょうれつ》な、歓喜《かんき》と狂気だけがある。

そして奴は、唇《くちびる》に邪悪《じゃあく》な笑みを宿しながら。

あまりにも、聞き捨てならぬことを叫《さけ》んだ。

「我が相棒、カルミアの登場は即《すなわ》ちッ！　最後の重大要素――イリーナ嬢《じょう》の《邪神》化が、成ったという証《あかし》に他ならないッ！」

イリーナの《邪神》化、だと……!?

目を見開く俺の前で、アルヴァートは笑みを深めながら、一つ、魔法を用いてみせた。

転移の魔法だ。

奴のすぐ傍《そば》に、魔法陣が顕現し……次の瞬間、一人の少女が召喚《しょうかん》された。

我が身命よりも遥かに重要な存在。この時代にて出会った無二の友。

イリーナが、この場に現れた。

……先刻までエルザードと争っていたのだろう。

聖剣《せいけん》・ヴァルト＝ガリギュラスを携《たずさ》えたイリーナは、全身血まみれで、身に纏う衣服もボロボロになっていた。

彼女は当惑《とうわく》した様子で、こちらとアルヴァートを交互《こうご》に見やる。

そんなイリーナに、俺は動揺《どうよう》の念を覚えた。

見た目こそ何も変わらない。

きっと精神性にしても、同じことだろう。

だが。

魂《たましい》の本質は、別物のように変容している。

つい少し前まで、彼女の魂は人間のそれだった。《邪神》の末裔《まつえい》ゆえ、少々の特殊性《とくしゅ》はあったが、それでも人間の魂だった。

けれど今、彼女の魂は《邪神》のそれと同じものに変わっている。

……そうした変化を受けて、俺はようやっと理解した。

俺とイリーナの出会いから、現在に至るまで。

その全てが、敵方に把握《はあく》されていたのだと。

これまで、俺達の周囲で発生していた事件の数々は全て、アルヴァートが引き起こしたもので……奴はそうした過程の末に訪れる、イリーナの変革を狙《ねら》っていた。

なぜか？

《邪神》と同等の存在になったイリーナを、なんらかの形で利用し——

俺を、精神的に追《お》い詰《つ》めるためだ。

「素晴《すば》らしいッ！　嗚々、素敵《すてき》だよ、お嬢《フロイライン》さんッ！　よくぞ進化してくれたッ！」

熱烈《ねつれつ》な情念を瞳に宿し、口端《こうたん》を吊《つ》り上《あ》げるアルヴァート。

次の瞬間《しゅんかん》。

その片手に、小さな筺《はこ》が現れた。

純白の表面に黄金色のラインが走るそれは、見た目こそ美しいものだが、俺の目にはどこか不気味に映った。

どうやら、イリーナも同じ考えだったらしい。

筺を見ると同時に、彼女はビクリと全身を震《ふる》わせ、身構えた。

そうしつつ、瞳に強い目的意識を宿す。

即ち——筺の破壊《はかい》。

俺もまた、同じ気持ちだった。

アレは存在してはならぬもの。そう感じたがために、イリーナと同様、身構えたのだが。

「無駄《むだ》さ、お嬢《フロイライン》さんッ！　貴君が完全に《邪神》へと成り果てた以上——もはやッ！　貴君は吾の願望を叶《かな》えるための聖杯《せいはい》にしかなりえないッ！」

こちらが動作するよりも前に。

アルヴァートの行動は、完了《かんりょう》していた。

「う、あ……!?」

瞠目《どうもく》するイリーナの全身から、煌《きら》めく流線が放たれた。

それはアルヴァートが手にする白い筐へと、吸い込まれるように向かって行き——

やがて、彼女の瞳から光が失われ、地面へと倒《たお》れ込んでいく。

「イリーナさんッ！」

その身を抱《かか》え込まんと体を躍動《やくどう》、させる前に。

アルヴァートは転移の魔法にて、彼女の身柄《みがら》を手元へと引き寄せた。

「いけないよ、我が《魔王》。この娘《むすめ》はもはや、景品なのだから。今、この場で触《ふ》れられては困る」

艶然《えんぜん》と微笑《ほほえ》むアルヴァートへ、俺は烈火《れっか》の怒りを覚えた。

「貴様ッ……！　我が親友に何をしたッッ！」

怒気《どき》を放つだけで、大気が鳴動し、地面が裂《さ》ける。

我が怒りに合わせて天変地異が発生する中、アルヴァートは微笑《びしょう》を保ちながら、返答を寄越《よこ》した。

「命に別状はない。ただ、部品の一つとしただけさ。この《ストレンジ・キューブ》を発動し、効果を持続させるための部品。現在のイリーナ嬢はまさにそれだ。そして――」

アルヴァートが、筐を天に掲《かか》げながら叫ぶ。

終末の始まりを、宣言するかのように。

「念願成就《じょうじゅ》の時、来たれりッ！」

奴の熱情に応ずるかの如く。

そのとき、白い筐が分解するようにスライドし始めた。

不味《まず》い。

なにがなんだかわからんが、アレはヤバい。

早急《さっきゅう》に破壊せねば。

そう思い、行動しようとするのだが……

目前の事態に対し、我が肉体は指一本、動かすことが出来なかった。

魔法もまた、発動出来ない。

ただただ、思惑《おもわく》を達成するアルヴァートの姿と、その言葉を聞くことしか出来なかった。

「さぁ、エンド・ゲームの始まりだッ！　最悪の状況を乗《の》り越《こ》え、親友を取《と》り戻《もど》すべく、吾のもとへやって来るがいいッ！　真の意味で《魔王》となった、吾のもとへなぁッ！」

やがて、白い筐が螺《ら》旋《せん》状へと変容し——

そこから放たれた黄金《こがね》色の煌めきが、視界を覆《おお》う。

それが、アサイラスの地にて、最後に見た光景となった。

意識の暗転を悟《さと》った俺は、歯《は》噛《が》みしながら、心の中で親友の名を叫ぶ。

イリーナ。

その顔を、思い浮かべると同時に。

我が意識は、闇《やみ》の中へと沈《しず》んでいった——

終章序曲　変貌《へんぼう》する世界

茫洋《ぼうよう》とした意識の中。
シルフィー・メルヘヴンは何者かの声を聞いた。
「ミス……フィー……！　これ……飲……さい……！」
断片的な言葉。その声色《こわいろ》に、シルフィーは友人の一人、ジニーを連想した。
おそらく、彼女が自分を救助すべく動いているのだろう。
この、口に流し込まれているのは、決戦前、アードに貰《もら》ったポーションか。
シルフィーは失われゆく意識をどうにか繋《つな》ぎ止めながら、口内の液体を飲み干した。
すると狂龍王《きょうりゅうおう》によって刻まれたダメージが瞬《また》く間《ま》に回復。
動けぬほどの激痛が消え去り、失神寸前だった意識もある程度明確になった。
（さすが、アードお手製のポーションだわ）
（けど……いくらアードでも、副作用をゼロにすることは出来ないようね）
それればかりは仕方がないことだった。

ポーションは対象の肉体を無理やり活性化させ、傷を癒《い》やすという薬品である。

そのため使用者が受けた傷の具合によっては、大きな副作用をもたらすことがある。

軽傷であれば、治癒《ちゆ》の後、ちょっとした疲労感《ひろうかん》を味わうといった程度の副作用で済むのだが、今回のシルフィーのように重傷だった場合、傷を癒やす際の肉体への負荷は極《きわ》めて強く……

(あぁ、めっちゃ眠《ねむ》いのだわ)

(悪いけれど、アタシの出番はここまで)

(あとはアードに任せて、眠らせてもらうのだわ……)

きっと、イリーナやジニーはアードが救ってくれるだろう。

そのように確信しているシルフィーは、あっさりと睡魔《すいま》に敗北した。

そして――

どれだけの時間が経《た》ったのだろうか。

シルフィーは独特の揺《ゆ》れを感じたことで、目を覚ました。

彼女の小柄《こがら》で、華奢《きゃしゃ》な体が、硬《かた》い何かによって揺らされている。

それをシルフィーは、イリーナかジニー、あるいはアードによるものと考え――

「う～ん。もうちょっと、寝《ね》させてほしいのだわ」

眉間《みけん》に皺《しわ》を寄せながら、怠惰《たいだ》な欲求《よっきゅう》を口にする。

それに対し、帰ってきた言葉は。

「グォオオオ……」

まるで、人外のような声である。

というか。

完全に人外の声である。

そうした反応に悪寒《おかん》を覚えたシルフィーは、眠気《ねむけ》を打ち払《はら》いながら、瞼《まぶた》を開けた。

その結果。

彼女は驚《おどろ》きの光景を目にする。

ついさっきまで、アサイラス首都の城跡《しろあと》にて眠っていたはずだが……

なぜだか、シルフィーは森の中にいた。

うっそうと生《お》い茂《しげ》る草花や樹木。絶えず鳴《な》り響《ひび》く獣《けもの》や虫達の声。

そして。

そんな場所で彼女を起こしたのは、イリーナやジニーでもなければ、アードやオリヴィアでもない。

見上げるほど巨大《きょだい》な、脚竜《きゃくりゅう》種であった。

発達した二本の足を有する、ガイアドラゴンの一種。

その大きな顔が、目前にあり――

「えっと、起こしてくれてありがとうだわ。じゃあアタシ、ちょっと急用があるんで――」

「グォオオオオオオオオオオッ！」

そのとき、脚竜の巨大な口が開かれ、少女を食らわんと襲《おそ》いかかってくる。

シルフィーは咄嗟《とっさ》に後方へと跳躍《ちょうやく》し、殺到《さっとう》する牙《きば》を回避《かいひ》した。

それから、手元に聖剣《せいけん》・デミス＝アルギスが握《にぎ》られていることを確認《かくにん》すると、

「まったく！　今日はまさにドラゴン日和《びより》だわね！」

巨大な敵を前に、恐るることなく、聖剣を構えた。

「ちょっと状況《じょうきょう》がよくわかんないけど！　とりあえず、やっつけてやるのだわっ！　このデカトカゲっ！」

シルフィーは聖剣が有する恐《おそ》るべき力を解放し、一撃のもとに敵方を打倒《だとう》……したかったのだが。

「……あれ？」

聖剣の力を引き出すべく、魔力《まりょく》を込めるシルフィー。

だが、相棒はうんともすんとも言わない。

「えっと、デミス？　なにしてんのだわ？　早くド派手な光線ぶっ放すのだわ。お～い」

呼びかけながら、魔力を流し込む。

しかし、それでも、聖剣はなんの反応も示さなかった。

「もしかして、あのエルザードとかいうドラゴンと戦ったことで、なんか問題が起きたのかしら？」

ならば、少々面倒《めんどう》ではあるが、自前の魔法技術で戦えばいい。

そう思い、シルフィーは挨拶《あいさつ》代わりの攻撃《こうげき》魔法を放とうとするのだが、

「……あれ？」

何も、起きない。

発動したはずの魔法が、顕現《けんげん》しない。

「え～っと……」

異常事態に、シルフィーは冷《ひ》や汗《あせ》を流し、そして。

「ヒトとドラゴンって、友達になれると思うのだわ。だからアタシを食べるのは――」

「グガァアアアアアアアアアアアアアッ！」

問答無用とばかりに襲いかかってくる脚竜。

それに背を向けて、シルフィーは全速力で駆《か》け出した。

「あぁ、もうっ！　どうなってんのだわぁあああああああああああっ！」

広大な森林の只中《ただなか》にて。

今まさに、《激動の勇者》による、孤独《こどく》なサバイバルが開幕したのだった。

◇◆◇

あの恐ろしい狂龍王を、イリーナが見事にブッ飛ばした。

そうした結末を目撃した瞬間《しゅんかん》、ジニーは口元に笑みを浮《う》かべ、親友へ称賛《しょうさん》の言葉を送る。

「ふふ。さすが、ですわ。そうこなくては、張り合いがありません」

親友であり、恋敵《こいがたき》であり、そして……憧《あこが》れの存在。

そんなイリーナの勝利を祝福しながら、ジニーは自身の意識が急激に薄《うす》れていくことを実感した。

「ここまで、来れたことは……まさに、奇跡《きせき》……でしたわね……」

エルザードに腹を貫《つらぬ》かれてからすぐ、ジニーはアードから貰った緊急《きんきゅう》用のポーションを服用した。そうすることで一命は取り留めたが……

ポーション特有の副作用と、酷《ひど》い貧血で、まともには動けぬ状態であった。

それに耐《た》えてイリーナのもとへ駆けつけたジニーだったが、もはや気を張る必要はない。

彼女は地面に寝転がりながら、目を瞑《つぶ》った。

意識を取り戻した頃《ころ》には、何もかもが解決しているだろうと、そう思いながら。

ジニーは、深い眠りへと沈んでいった。

そして——

目が覚めると同時に、違和感《いわかん》を覚える。

頬《ほお》から伝わる感触《かんしょく》がずいぶんと柔《やわ》らかい。

自分は砕《くだ》けた石畳《いしだたみ》の上で眠っていたはずだが……

民間人の手によって、医療所《いりょうじょ》に運び込まれたのだろうか？

いや、それは違《ちが》う。

この、頬から伝わる感触と匂《にお》いは、ベッドのそれではない。

土だ。

自分は今、土の上に倒《たお》れ込んでいるのだ。

そのように理解した瞬間、ジニーは当惑《とうわく》と共に瞼を開いた。

「ここ、は……？」

少なくとも、アサイラスの首都でないことは理解出来る。

目覚めたジニーの瞳《ひとみ》に映ったのは、見知らぬ平野であった。

辺りには濃厚《のうこう》な霧《きり》が漂《ただよ》っており、身近な場所しかハッキリと視認《しにん》することが出来ない。

なんともおどろおどろしい平野の中で、ジニーは立ち上がり、

「……待っていても、助けが来るとは限りませんわね」

わけのわからぬ状況ではあるが、とりあえず動こう。

そのように考えたジニーは、周りに警戒《けいかい》しつつ、ゆっくりと歩き出した。

慎重《しんちょう》に、油断なく進んで行く。

そうしていると、濃霧《のうむ》の中、目前に何かしらのシルエットが現れた。

「これは……トーテムポール、かしら?」

何を模したものなのか、ちょっとわからない。

そんな独特過ぎる置物を前に、ジニーは顎《あご》に手を当てながら呟《つぶや》いた。

「そういえば、ミス・イリーナの村にもトーテムポールが置いてあるとか、おっしゃってましたわね」

以前、話に聞いたそれと、このトーテムポールの特徴《とくちょう》は完全に一致《いっち》する。

ならばここは、アード達の生まれ故郷であろうか?

「いや、でも、お二人の出身地には霧なんて滅多《めった》に発生しないはず。というかそもそも、

なぜ私は別の場所に飛ばされたのでしょう……」
わからない。
目前の状況の、全《すべ》てがわからない。
気味が悪すぎる現実に、ジニーは辟易《へきえき》し始めた。
そんなとき。
濃霧の向こう側にて、何か、動くものを発見した。
「村の方、でしょうか」
ちょうどいい。
ここがどこなのか、それがわかるだけでも、精神的には楽になるだろう。
そう思ったジニーは、霧の中、村人と思《おぼ》しき存在へと近づき――
そして、目を大きく見開いた。
「こ、これは」
目前の存在を凝視《ぎょうし》しながら、冷や汗を流す。
見知らぬ村の中には、恐るべき光景が広がっていたのだった。

◇
◆
◇

白き筺《はこ》が開かれ、黄金色《こがね》の煌《きら》めきが我が視界を覆《おお》ってからすぐのこと。
俺の意識は瞬《また》く間《ま》に失われ——
「……い！　ろ……！　……ード！　……起きろ、アード！」
そのとき。
聞き覚えのある声が、耳朶《じだ》を叩《たた》いた。
途端《とたん》、浮遊感《ふゆうかん》に似た感覚がやってきて。
俺は、意識を覚醒《かくせい》させたのだった。
「ん!?　目が覚めたか!?」
瞼を開けると共に、エルフの少年が視界に映った。
エラルドである。
彼の姿を確認してから、周囲を見回す。
……学園の教室だ。
俺は、アルヴァートの手によって、ここへ飛ばされたということか？

いったいなんのために？

……その意図も気になるところだが、それ以上に。

「なぁ、アード。オメーなら、何があったかわかんだろ？」

エラルドが、俺の目を見つめながら。

この教室内に広がる異常について、問うてくる。

「なんなんだよ、この霧は？」

そう、霧である。

教室の内部が……いや、どうやら外部に至るまで、濃密《のうみつ》な白い霧に覆われていた。

「これがいきなり広がってよ。したら、オメーが突然《とつぜん》、教室に現れたんだよ」

エラルドの言葉を聞きつつ、改めて周りを見回す。

……夏期補習講座に参加していたであろう生徒や講師達が、ジッとこちらを見ていた。

皆《みな》、一様に不安を顔に貼《は》り付《つ》けている。

……正直言って、皆を慮《おもんぱか》るだけの余裕《よゆう》はない。

イリーナが誘拐《ゆうかい》されてしまったのだ。

そうした現実が、俺の脳内から言葉を奪《うば》っていた。

「……なるほどな。やべぇことが起きてるってわけか」

一言も喋《しゃべ》らぬ俺の姿から、エラルドは何かを察したらしい。

彼はこちらの肩《かた》に手を置いて、語りかけてきた。

「事情の説明はしなくていい。ただ、オメーがすべきことを考えろ」

「私が、すべきこと……」

決まっている。

イリーナの救助だ。

それ以外はエラルドが述べた通り、考えるべき問題ではない。

「答えが出たみてぇだな。そんじゃ、さっさと事件を──」

と、エラルドが笑いかけながら、喋る最中のことだった。

「ぐ、う……⁉」

突如《とつじょ》、彼が苦しみだした。

いや、エラルドだけじゃない。

室内に存在する者達全てが、苦悶《くもん》を吐《は》き出している。

「ア、アード、君……！」

「か、体が、変、だよぉ……！」

「助けて、くれぇ……！」

呻《うめ》き声が木霊《こだま》す室内の様相は、筆舌《ひつぜつ》に尽《つ》くしがたい惨状《さんじょう》として、我が目に映った。

そして――

「ぐ、が、あ」

エラルドが。

他の生徒達が。

その体を、変貌《へんぼう》させる。

「ぐげ、が、あ」

「ごご、が、が」

「げ、げげっ」

喉《のど》から異音を零《こぼ》す皆々の肉体が脈打ち、ベキバキと音を鳴らす。

「なんだ、これは……!?」

目前で展開される異常事態に、俺は目を見開いた。

ヒトが、バケモノに変わっていく。

ある者は触手《しょくしゅ》の塊《かたまり》へ。

ある者はキメラじみた姿へ。

またある者は、形容しがたい怪物《かいぶつ》へ、姿を変えていった。

そして、エラルドもまた。

「ぐげ、ぐげげげげげげ！」

まるで豚《ぶた》のバケモノといった、おぞましい姿へと変貌を遂《と》げた。

……これは間違《まちが》いなく、アルヴァートの仕業《しわざ》だ。

あの篭が、こうした事態を招いたのだ。

「俺をここへ転移させたのは、友が醜《みにく》いバケモノへ変ずる場面を見せるためか……！」

より一層強い敵意を、俺の中に生み出すため。

そうした奴《やつ》の意図が、ハッキリと理解出来た。

「……いいだろう。かつての約束を、果たしてやろうじゃないか」

無二の親友を攫《さら》っただけでなく、明るい未来を共に築いていこうと、そう考えていた者達にさえ牙《きば》を剝《む》くとは。

もはや、絶対に許してはおけぬ。

アルヴァートを必ずや討ち取り、友をこの手に取《と》り戻《もど》す。

強い目的意識を胸に抱《いだ》きながら、俺は目前の、変わり果てた友人達を見た。

「イリーナ救出の前に、まず以《もっ》て、皆を元の姿に戻してやらねばな」

おそらくはなにがしかの魔《ま》法《ほう》によるものであろう。

それを我が異能にて解析《かいせき》し、元通りにする魔法を開発すればよい。

実に容易いことだ。

「少々お待ちください。今、解析を――」

と、変わり果てたエラルドに語りかける最中。

俺は、強烈《きょうれつ》な違和感《いわかん》を覚えた。

「……どういう、ことだ？」

解析を行おうとしても、いつものような調子にならない。

異能が、発動しないのだ。

いや、それだけじゃない。

我が身から、魔力の流れが失われている。

これは、即《すなわ》ち――

「アルヴァートめ、この俺から友だけでなく、魔力さえも奪ったのかッ……！」

あまりにも最悪な状況《じょうきょう》に、俺はただただ、歯噛《はが》みするしかなかった。

◇◆◇

ラーヴィル魔導帝国《まどうていこく》、古都・キングスグレイヴにて。

オリヴィア・ヴェル・ヴァインは所用を済ませ、この旧く懐《なつ》かしい街へと戻っていた。

その隣《となり》には、かつての同僚《どうりょう》たる少女、ヴェーダ・アルハザードが並んでいる。

「まったく、無駄《むだ》に手間のかかる素材ばかり集めさせおって。これで製造する装置がくだらぬものだったなら承知せんぞ」

「ゲヒャヒャヒャ！　その点はだいじょ～ぶ！　今後、絶対に必要な装置だからね！」

白衣に似た独特な衣服を纏《まと》う、金髪《きんぱつ》の少女、ヴェーダ。

彼女はさすらいの天才学者として知られているのだが、ここ最近はなぜだかキングスグレイヴを拠点《きょてん》として、謎《なぞ》めいた魔動装置の製造に取り組んでいた。

今回、オリヴィアが呼び出されたのもその一環《いっかん》である。

「……もうそろそろ、製造している魔導装置の詳細《しょうさい》について、教えてくれてもいいのではないか？」

当然ながら、それが気にならないわけもない。

けれど、ヴェーダはこの問いについて、常にはぐらかすような答えばかりを送ってきた。

おそらく今回も、似たような返答をするのだろうとオリヴィアは考えていたのだが。

「そうだね。ワタシの推測が正しければ、もうそろそろ始まるだろうし。詳細の説明をするなら今しかないかな」

意外にも、ヴェーダは真面目《まじめ》な顔をして、こんなことを言った。

そして、彼女の口から装置の実態に関する話が紡《つむ》がれる――

その直前。

オリヴィアは妙《みょう》な悪寒《おかん》を覚えた。

何か、恐《おそ》ろしいことが起きる前兆。

それを感じ取った矢先のことだった。

大通りを行く二人の周囲にて、異変が発生する。

なんの前触《まえぶ》れもなく、濃密な霧《きり》が発生し、街の全域へと広がっていく。

それからすぐ、目に映る全《すべ》ての民間人が苦悶し始め――

「げ、が、が」

「ぎぃ、い、い」

「ぐご、げ、あ」

奇声《きせい》を発しながら、全身を変形させていく。

あまりにも異様かつ、おぞましい光景。

しかし、オリヴィアもヴェーダも、四天王として知られた存在。

これしきのことで動ずる心など、持ち合わせてはいなかった。

「ふむ。貴様が製造していた装置というのは、こうした事態に備えてのものか？」

「そのと〜りだよ、オリヴィアちゃん！　もっと言えば、アル君が始めたゲームに勝利するための装置、ってところかな！」

「……アル君、だと？　まさか、それは」

「うん。ワタシ達の元・同僚さ」

その言葉で、オリヴィアはおおよそのことを察することが出来た。

目前の光景は、あのアルヴァートによるものか。

そして。

今まで発生した事件、それこそ今回の戦争騒《さわ》ぎにしても、おそらくは彼が裏で糸を引いていたのだろう。

全ては、アード・メテオール……

即ち、《魔王《まおう》》・ヴァルヴァトスと、至高の闘争《とうそう》を演ずるために。

「ヴェーダよ。貴様、こうなることを知っていたのか？」

「いんや？　いつ、どういうタイミングで、どんなことが起きるのか、そこまではわかんなかったよ。ただ、何かが発生することは間違いないと思ってた。んで、その発生時期を予想したところ、今日か明日あたりかな～って」

目前にて、民間人のことごとくがバケモノへと変ずる中。

ヴェーダはそれでもニヤニヤと楽しげに笑いながら、言葉を紡ぎ続けた。

「つい先日、アル君の方から接触《せっしょく》があってね。まぁ、色々と話し込んだ末に、こんなことを言われたよ。貴公も吾《われ》と共に、主との闘争を楽しまないか、ってね」

「……貴様はなんと答えたのだ？」

「ワタシがアル君の側に行ったら、陣営《じんえい》に属する四天王は三人。それに対して、ヴァル君の陣営はオリヴィアちゃん一人だけ。これはちょっとフェアじゃないよね？　だからワタシはヴァル君の側に付くよ、って。そう言ったら彼、酷《ひど》く嬉《うれ》しそうに笑ってたよ。どうやらワタシとも一戦、交えてみたかったみたいだねぇ」

その戦闘狂《せんとうきょう》ぶりに、ヴェーダはケラケラと笑う。

そうしている間にも、民間人の変容は進んで行き――

「さて。見た目は完全に人外だが、人間としての意思は残っているか否《いな》か」

オリヴィアが見据《みす》える先には、無数のバケモノが佇立《ちょりつ》している。

元は人間であった哀《あわ》れな怪物達。

彼等は二人の姿を確認《かくにん》すると、その瞬間《しゅんかん》、雄叫《おたけ》びを上げた。

「ギギャアアアアアアアアアアアアアアッ！」

完全に、自我を失っているようだ。

怪物の群れがこちらを害さんと向かってくる。

「チッ、面倒《めんどう》だな、まったく」

剣《けん》を抜《ぬ》き放《はな》ち、迫《せま》り来るバケモノの軍勢を相手取る。

オリヴィアは史上最強の剣士《けんし》として知られる女だ。その剣技《けんぎ》はまさに神域。圧倒《あっとう》的な物量をものともせず、瞬《また》く間《ま》に怪物の群れを片付けていく。

とはいえ、絶命させた者は一人もいない。

全て峰打《みねう》ちであった。

今や怪物となった彼等だが、いずれは元の姿に戻すことが出来るはず。

そう、神の頭脳を自称《じしょう》する天才魔法学者の手によって。

「……まさか、貴様を勝負の切り札として、頼《たよ》らねばならなくなる時が来るとはな」

ため息交じりに息を吐《は》いて、ヴェーダの方を見る。

と――

「うわっ⁉　ちょっ⁉　お客さ～ん！　お触《さわ》りは禁止で～す！」

必死の顔となりながら、脂汗《あぶらあせ》を浮《う》かべ、怪物達の攻撃《こうげき》を回避《かいひ》するヴェーダ。

そうした様子に、オリヴィアは疑問を投げかけた。

「何をしているのだ、貴様。反撃すればいいだろうに」

「したくても出来ないんだなぁ、これが！　なんせ魔力を封印《ふういん》されちゃってるからねぇ！」

「……なんだと？」

言われてみて、ようやっと気付く。

確かに、体の中から魔力の流れが消えている。

これもアルヴァートによる奸計《かんけい》の一つか。

とはいえ、オリヴィアの心に動揺《どうよう》は皆無《かいむ》。

何せ彼女は、魔法がほとんど使えないのだ。

昔からそうだった。魔法の才覚がこれっぽっちもなかったオリヴィアは、獣人族《じゅうじん》特有の身体機能と剣術《けんじゅつ》を極める道を選択《せんたく》し、戦において魔法を用いたことは一度もない。

そんな彼女にとって、魔力を封じられた状況というのは、特別たいしたものではなかったのだが、

「ヴェーダ。貴様を始め、魔法を得手とする者達にとってこの状況は、あまりにも辛《つら》いものであろうな」

「そうだよっ！　その通りだよっ！　だから早く助けてっ！　お願いっ！」

さすがに苦しくなってきたのか、息を切らせ始める天才学者。

その姿に嘆息《たんそく》しつつ、オリヴィアは一瞬《いっしゅん》にして敵方へと肉迫《にくはく》し、そのことごとくを斬《き》り伏《ふ》せた。

「大事ないか？」

「ハァ……ハァ……！　お、おかげで、ね……！」

これで、周囲一帯の怪物《かいぶつ》は片付いた。

しかし……キングスグレイヴの住民は、数万人規模。

それが全《すべ》て怪物になったとしたら。

「グゥガァアアアアアアアアアアアアアアアアッ！」

必然的に、新手が無数にやってくる。

「いちいちかまってはいられんな。走るぞ、ヴェーダ」

「え～。ワタシ、体力に自信ないからさぁ～。おんぶしてよ、オリヴィアちゃん」

先の回避運動で疲《つか》れ果てたか、ヴェーダは地面にへたり込んでいた。

「……チッ。この一件が終わったら、体力増強に励《はげ》め。いいな？」

「は〜い。そういう薬を用意しま〜す」

運動でなく科学に頼るというところが、実にヴェーダらしい発想であった。

そんな彼女をおぶって、オリヴィアは霧に包まれた街中を駆《か》け抜ける。

行き先は、ヴェーダが拠点とする研究施設《しせつ》だ。

「魔動装置を早急《さっきゅう》に完成させねば、な」

「うん。勝利するためには、アレが絶対に必要だからねぇ」

のほほんと呟《つぶや》くヴェーダに、オリヴィアは何気なく問い尋《たず》ねた。

「……勝算は、あるのか？」

「そうだねぇ。状況《じょうきょう》はハッキリ言って最悪。たぶん、ワタシが想定した内容よりもずっと悪いんじゃないかな。勝てる見込みはおよそ、数パーセントぐらいだと思う。それはヴァル君が本気になったところで変わらない」

この返答に、オリヴィアは鼻を鳴らす。

「数パーセント、か。それならば――」

「うん。実質一〇〇パーセントみたいなもんだね」

可能性がゼロでないなら、勝算などいくらでも積み重ねることが出来る。

自分達はそうして、数千年前の戦に勝利したのだ。

その自負が、二人に自信を芽生えさせていた。

そして、オリヴィアの背中にしがみつきながら、ヴェーダはニヤリと笑う。

「まだまだ、ゲームはこれからさ」

◇◆◇

アサイラス連邦《れんぽう》首都・ハール・シ・パール。

情緒《じょうちょ》ある木造建築が広がる街並みで知られるこの都市は、今や怪物達が跋扈《ばっこ》するおぞましい空間へと姿を変えていた。

濃霧《のうむ》に覆《おお》われし、バケモノの楽園。そんな都市の中央には、エルザードの破壊《はかい》によって失われた王城が見事に復活しており……

それは今や、彼の根城となっていた。

「人外の群れの中。無人の城にて待ち構える一人の男。ふははん。まさしく御伽噺《おとぎばなし》の《魔王》そのものだ。貴公とてそう思うだろう？　ライザー・ベルフェニックス」

広々とした、謁見《えっけん》の間にて。

玉座に腰《こし》を下ろし、脚《あし》を組むアルヴァートの前に、一人の老将が立っていた。

彼は小さく頷《うなず》いて、現状に関する所感を述べる。

「理想郷の形成。その目的はもはや、達成したも同然。《ストレンジ・キューブ》による民間人の精神支配と、其処許《そこもと》……即《すなわ》ち、《魔王》という共通の敵の存在による結束。全ては我輩《わがはい》の意図するように、完璧《かんぺき》な連動を見せておる」

《ストレンジ・キューブ》。

それは《邪神《じゃしん》》の魂《たましい》をエネルギー源として起動する、現実改変装置であった。

かつてアルヴァートが主として仰《あお》いでいた存在であり、《勇者》・リディアの父であり、イリーナの始祖であり、そしてヴァルヴァトスが生涯憎《しょうがいにく》み続けた男。

そんな《邪神》の一柱が遺した、恐《おそ》るべき装置を用いて、アルヴァートは世界を改変した。

表向きは、ライザーが目指す理想郷として。

その詳細《しょうさい》を、アルヴァートは謳《うた》うように語り出した。

「大陸の半分は霧《きり》で覆われたバケモノの世界。もう半分は、太陽に庇護《ひご》されし人間達の世界。人々は差別も偏見《へんけん》もなく、誰《だれ》もが手と手を取り合い、平穏《へいおん》に過ごす。だが平穏は退屈《たいくつ》を生み、退屈は狂気《きょうき》を生むもの。ゆえに、人々が狂気に囚《とら》われぬよう、ある程度のスリルを用意した。それが吾、《魔王》・アルヴァートと怪物の軍勢である、と」

どのように意識改革をしたところで、人間の本質は変わらない。

それをよく知るライザーは、理想郷を維持《いじ》するシステムの一つとして、人類にとっての共通の敵というものを考案した。

敵が存在することで、人々は強い結束を見せる。

それが続くことで、理想郷は強固に維持されるだろう、と。そのように考えたのだ。

「此度《こたび》はまず、この大陸内部を先行モデルとして実施《じっし》し、様子を観察するのである。そしていくつかの調整を加えたうえで、望んだ成果が表れた暁《あかつき》には――」

「大陸内の状況を、世界へと広げる」

「左様。その際は再び、其処許に協力してもらうのである」

否とは言わせない。

そんな厳しい表情に、アルヴァートは艶然《えんぜん》とした笑《え》みを返した。

「嗚々《ああ》、貴公の望みは全て叶《かな》えてみせよう。もとより、そうした契約《けいやく》で我々は手を結んでいるのだから。しかしライザー卿《きょう》、吾《われ》とてタダ働きをしようというわけではない。そこのところは理解してくれているのかね？」

「……うむ。忌々《いまいま》しいことではあるが、な」

ライザーは重々しい調子で頷いた。

彼からしてみると、理想郷の完成率は九割かそこら。

そう、完全ではないのだ。

その最たる要因が、アード・メテオールを始めとした不安要素である。

《ストレンジ・キューブ》を用いたなら、彼等の存在を消去することだって可能だ。

にもかかわらず、アルヴァートはあえてそれをしなかった。

全ては、究極の闘争《とうそう》を演じ……

自らの人生に、最善の終止符《しゅうしふ》を打つために。

そうした意図を知り尽《つ》くすライザーは、ただただ嘆息することしか出来なかった。

「……もとより、納得《なっとく》済みの契約である。反乱分子の存在は不愉快《ふゆかい》ではあるが、しかし、排除《はいじょ》してはならぬというわけでもない。そうであろう？」

「然り然り。むしろ積極的に、排除運動に勤しみたまえよ。相手方は魔力《まりょく》を封じられている半面、こちらは全力全開で魔力を用いることが出来る。まさにワンサイド・ゲームというやつだ。せいぜい、彼等に地獄《じごく》を味わわせてやるといい」

ライザーは知っている。

この言葉が、真意でないことを。

アルヴァートは待ち望んでいるのだ。ライザーの手によって苦境となったアード達が、
それでもなお困難を乗《の》り越《こ》え、自らのもとへとやってくる瞬間《しゅんかん》を。

「……其処許との契約は守ろう。しかし、其処許が望む場面が訪れることは、決してない」

そう言い残して、ライザーは転移魔法を発動。

自らの拠点《きょてん》へと、戻《もど》っていった。

そんな彼と入《い》れ替《か》わるような形で、アルヴァートの傍《そば》にカルミアが顕現《けんげん》する。

「おぉ、戻ったか。して、我が相棒よ、かの狂龍王殿《きょうりゅうおうどの》はどうだったかね？」

「……短時間では、行方《ゆくえ》が摑《つか》めないと判断した」

「ほう」

楽しそうに、嬉《うれ》しそうに、アルヴァートは美貌《びぼう》に笑みを宿した。

「貴君はどう思う？　彼女は我々に迎合《げいごう》するだろうか？　それとも、無関心を貫《つらぬ》くのかな？　あるいは……」

「意外な行動に、打って出る。その可能性も、ゼロじゃない」

カルミアの返答に、アルヴァートはうっとりした表情となりながら、天井《てんじょう》を見上げた。

「我が最後の闘争に、もう一つ、彩《いろど》りが加わったというわけだ。素晴《すば》らしい。嗚々、実に

素晴らしい」

悦《えつ》に入ったような声色《こわいろ》で呟きながら、しばし妄想《もうそう》の世界に耽《ふけ》るアルヴァート。

「それもこれも、全《すべ》てはかの少女が居てくれたからこそ」

そう述べてからすぐ、アルヴァートはカルミアと共に別室へと転移した。

広々とした客室。

その中央に置かれた、天蓋《てんがい》付きの豪奢《ごうしゃ》なベッドにて。

可憐《かれん》なエルフの少女……イリーナが、横たわっていた。

「嗚々、素敵《すてき》なお嬢《フロイライン》さん。貴君は今、どんな夢を見ているのかな？　自らの存在が蹂躙《じゅうりん》される、最低な悪夢か？　はたまた、友が自らの苦難に駆けつけるといった、都合の良い夢か？　……いずれにせよ、貴君の夢が現実になるまで、もうしばらく時間が必要だ」

アルヴァートはイリーナの銀髪《ぎんぱつ》をそっと撫《な》でながら、妖艶《ようえん》に微笑《ほほえ》んで。

「それまでの間――吾の半生を聞かせてしんぜよう。つまらぬやもしれぬが、無聊《ぶりょう》の慰《なぐさ》みにはなるだろうさ」

あとがき

皆様《みなさま》、ご無沙汰《ぶさた》しております、下等妙人《かとうみょうじん》でございます。

さて、この第六巻が皆様のお手元に行き着く頃《ころ》には、もう季節は冬真っ盛りといったところでしょうか。

私にとって冬というのは実に素晴らしい季節でございます。

暑さに弱く寒さに強い体質の私は暖房《だんぼう》を一切使いません。そのため電気代が安い安い。

また、鍋物《なべもの》がとても美味《おい》しい季節でもありますので、飽《あ》きるほど鍋《なべ》を食べることが可能。

そして何より……


虫の類《たぐ》いが、ほとんど現れることがない。

自慢《じまん》することではありませんが、私は虫が大の苦手でして。

去年の夏はもう、酷《ひど》いもんでした。

あれは忘れもしない、七月の出来事。

その日は夜になっても実に蒸し暑く、奴等《やつら》が動くには絶好の日和《ひより》だったのでしょう。

久方ぶりに、我が自室へと奴《やつ》が現れました。

サイズはさほどのものではございません。耐性《たいせい》がある方からすれば、笑い飛ばして無視するほど小さなものでしょう。

しかし、虫嫌《むしぎら》いの私は奴の姿を見た瞬間《しゅんかん》。

「あああああああああああああッッッ！」

某絶叫《ぼうぜっきょう》するビーバーの如《ごと》く、大音声を放ったのでした。

それを皮切りに、奴と私による深夜の戦いが開幕。

それはもう、静かな戦いでした。

奴は小型とはいえ、それなりのサイズ。通常であれば羽音を鳴らして飛ぶはずですが
……なんと、私が戦った個体は無音で飛行する異能力を有していたのです。

そのため、一度見失えば羽音による位置特定は不可能。

そうした最悪の状況《じょうきょう》の中、私は壁《かべ》に張り付いた奴を睨《にら》みつつ、忍《しの》び足《あし》で動きました。

ゆっくりと、慎重《しんちょう》に、奴を刺激《しげき》することなく、室内の隅《すみ》に常設してある殺虫剤《ざい》を手にとって……一気呵成《いっきかせい》に、吹《ふ》きかける。

噴射物《ふんしゃ》は見事、奴の全身を捉《とら》え、その命を焼き尽《つ》くすかと思われたのですが、しかし。

「うおおおおおおおおおおおおおッッ!?」

奴はまるで効いていないと言わんばかりに、私の顔面へと突撃《とつげき》を敢行《かんこう》したのです。

なんとか敵方の攻撃《こうげき》を回避《かいひ》したものの、奴の異能は健在。無音飛行により、奴は瞬《また》く間《ま》に姿を消しました。

その時点で、時刻は既《すで》に午前三時。翌日の原稿《げんこう》作業などを円滑《えんかつ》に進めるためにも床《とこ》につかねばならぬ時間だったのですが、まさかまさか、敵を前にして眠《ねむ》るわけにはいきません。

私は奴を探しました。冷《ひ》や汗《あせ》をダラダラと流し、血眼《ちまなこ》となりながら。

そうしつつ、もう一本の殺虫剤を手にした、その直後。

「いたぞぉおおおおおおおおおッ！　いたぞぉおおおおおおおおおおッッ！」

映画プレデターに登場した黒人隊員（名前ド忘れ）の如く絶叫《ぜっきょう》しながら、私は殺虫剤を噴射いたしました。

前回は一本。しかし、今回は二本でございます。

さしもの奴も、私のダブル・ジェット・キラーを受けた以上、地に沈《しず》むのみ。

それでもなお奴は生き延びるため、地べたの上で藻掻《もが》き苦しんでおりましたが……

無論、情《なさ》け容赦《ようしゃ》などいたしません。

ファイナル・ジェット・スプラッシュでトドメを刺《さ》し、完全勝利。

額に浮《う》かぶ汗を拭《ぬぐ》いながら、私は吐息《といき》を漏《も》らしました。

心に達成感が満ちあふれ、そして、笑《え》みがこぼれます。

勝った。私は勝利した。完全に。完璧《かんぺき》に。

そんなふうに、勝利の美酒に酔《よ》いしれていたのですが——ふと、気付いたのです。

現状が未《いま》だ、自分にとって最悪極《きわ》まりないものであるということを。

「……この死骸《しがい》、どうやって処理すりゃいいの？」

そして再び、深夜の戦いが幕を開けたのでした——


——最後に謝辞を。

今巻にも素晴らしいイラストを提供してくださった水野様を始め、多くの方々にお力添《ちからぞ》えをいただきました。本当に感謝の念が尽きません。

そしてこの本を手に取ってくださった貴方《あなた》にも、限界を超《こ》えた感謝を。

次巻でもお会いできることを願いながら、筆を置かせていただきます。

下等妙人

お便りはこちらまで
〒一〇二―八〇七八
ファンタジア文庫編集部気付
下等妙人（様）宛
水野早桜（様）宛

富士見ファンタジア文庫

史上《しじよう》最強《さいきよう》の大魔王《だいまおう》、村人《むらびと》A《えー》に転生《てんせい》する

6. 元《もと》・村人《むらびと》A《えー》

令和2年1月20日　初版発行

著者——下等妙人《かとうみようじん》

発行者——三坂泰二

発　行——株式会社KADOKAWA
〒102-8177
東京都千代田区富士見2-13-3
0570-002-301（ナビダイヤル）

印刷所——暁印刷
製本所——BBC

※定価はカバーに表示してあります。
●お問い合わせ
https://www.kadokawa.co.jp/（「お問い合わせ」へお進みください）
※内容によっては、お答えできない場合があります。
※サポートは日本国内のみとさせていただきます。
※Japanese text only

ISBN978-4-04-073433-0 C0193

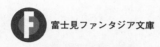

WEBで圧倒的人気の
剣戟無双ファンタジー！
その剣《つるぎ》
1~2巻
好評発売中!!
月島秀一
illustration もきゅ
一億年ボタンを連打した俺は、
Ichiokunen Button wo Renda
shita Oreha,Saikyo ni natteita
気付いたら最強になっていた
~落第剣士の学院無双~